Die Tote vom Giebichenstein

Für Klaus

Thomas Wollschläger

Die Tote vom Giebichenstein

und andere Kriminalerzählungen

Kommissar Hinze auf geheimnisvollen Spuren in Halle an der Saale

**Bibliografische Information der
Deutschen Nationalbibliothek:**

Die Deutsche Nationalbibliothek verzeichnet diese Publikation in der
Deutschen Nationalbibliografie. Detaillierte bibliografische Daten sind
im Internet über <http://dnb.dnb.de> abrufbar.

Impressum

© 2020 Thomas Wollschläger

Herstellung und Verlag: BoD - Books on Demand, Norderstedt

ISBN: 9783751967976

Inhalt

Der Polizeipräsident in Berlin

Berlin, Polizeipräsidium Alexanderplatz | Mordkommission, Inspektion A

An

Herrn Oberkommissar

Alfred Hinze

- - im Hause - -

Mein lieber Hinze,
kommen Sie mir nicht ohne gute
Ergebnisse aus Halle zurück!
Viel Glück,
Gennat

Geschäftszeichen und Tag Ihres Schreibens | | Geschäftszeichen und Tag meines Schreibens

./.   IV,2 // 19. Juni 1930

Betrifft:

   Sie werden hiermit zum 1. des Monats Juli 1930 zwecks
Beförderungsbewährung an das Polizeipräsidium in Halle a.d. Saale versetzt.
Die regelmäßige Bewährungszeit beträgt 6 Monate. Dementsprechend wird Ihre
Rückabordnung zum 1. Januar 1931 festgelegt.

   Abrechnungen zu Spesen, Auslagen etc., die während der Abordnungszeit
anfallen, sind direkt an die Verwaltungsstelle des Polizeipräsidiums in
Berlin zu richten.

            E.G.

            gez. Ernst Gennat
            Kriminalpolizeirat

Mord an der Hafenbahn

Mit einem ohrenbetäubenden Knall krachte die schwere Lokomotive in die rechte Seitenwand der Straßenbahn. Durch die Wucht des Aufpralls aus den Gleisen gehoben, schleuderte der immerhin fünf Tonnen wiegende Motorwagen wie ein Spielzeug herum, kippte nach links und überschlug sich. Dabei riss die Kupplung zum Beiwagen der Straßenbahn, welcher ebenfalls entgleiste und eine Vierteldrehung vollführte. Mit der rechten Seite rutschte der nun führungslose Beiwagen an den Fahrweg des Güterzuges heran. Für die mächtigen Güterwaggons bot die dünne Außenhaut des Straßenbahnwagens kaum einen Widerstand, so dass dieselbe kreischend und splitternd auf ihrer gesamten Länge zerrissen wurde. Durch die Zerstörungsenergie mitgerissen, schleifte der Beiwagen noch ein Dutzend Meter neben dem Güterzug her, bis der Kontakt abriss. Der Wagen kippte noch ein wenig nach links, blieb aber dann doch weitgehend aufrecht stehen.

Der Zug der Hafenbahn selbst war trotz des Aufpralls auf den Schienen geblieben und hatte seine Fahrt nur unmerklich verlangsamt. Erst einige Sekunden nach dem Zusammenstoß, als die Reste der Straßenbahn zum Stillstand gekommen waren, begannen auch die Bremsen der Lokomotive zu arbeiten. Ein nochmaliges Kreischen, Zischen und Pfeifen, dann brachten die Saugluftbremsen die Dampflok allmählich zum Halten. Fauchend stieß die Lok nochmals eine gewaltige Dampfwolke aus, die Kupplungen der Güterwaggons stießen aneinander, danach stand der Zug. Einige Sekunden lang vermeinte man beinahe, eine Stille wahrzunehmen, ehe die Außenwelt auf den Unfall reagierte.

„Ein schöner Mist ist das", fluchte Wachtmeister Egon Schmiedeberg und wischte sich mit einem zerfransten Taschentuch den Schweiß von der Stirn.

Ganz so salopp hätte ich mich vielleicht nicht ausgedrückt, allerdings musste ich dem Wachtmeister rein inhaltlich schon ein wenig Recht geben. Ein Unfall mit Personenschäden ist niemals eine angenehme Sache und bringt für Betroffene, Beteiligte, Helfer und Ermittlungsbeamte eine ganze Menge von Belastungen und Herausforderungen mit sich. Dies war hier nicht anders. Die Unfallstelle in der Merseburger Straße bot ein großflächiges Bild der Verwüstung. Trümmerteile bedeckten den Bahnübergang, die Straßenbahngleise und nahezu die gesamte Straßenbreite. Der völlig zerstörte Motorwagen der Halleschen Straßenbahn bestand nur noch aus einem zerknäulten Gerippe, an dem einige Holz- und Glasreste hafteten. Es grenzte an ein Wunder, dass überhaupt irgendjemand lebend aus diesem Wagen davongekommen war. Der Beiwagen, den es nicht ganz so schlimm getroffen hatte, stand halbwegs aufrecht, parallel zum Bahnübergang. Jedoch fehlte ihm die rechte Seitenwand; deren Reste wiederum hingen an den ansonsten kaum beschädigten Güterwaggons des Hafenbahnzuges. Dessen Lokomotive, die den Straßenbahnzug frontal gerammt hatte, wirkte auf den ersten Blick wenig betroffen. Ein zweites Hinsehen offenbarte dann aber doch die beiden abgerissenen Frontscheinwerfer, verbogene Dampfleitungen und einen angeknacksten Schornstein. Zum Glück für alle Beteiligten hatte der

Dampfkessel trotz aller Blessuren kein Leck davongetragen, so dass zu all den Verletzungen nicht auch noch Verbrühungen durch heißen Dampf gekommen und die Gefahr einer Kesselexplosion gebannt war.

„Kann sein, Wachtmeister, aber versuchen wir, ein wenig sachlich zu bleiben. Was haben wir denn bisher?", fragte ich. „Berichten Sie erst einmal über die Verletzten und die … die anderen Personen".

„Ja, also das ist so. Verletzte – das heißt, Schwerverletzte – gab es fünf; die sind mittlerweile alle ins Krankenhaus abtransportiert worden. Hier hat es nur noch ein paar Leichtverletzte. Keine großen Blessuren, der Doktor kümmert sich um sie. Da drüben", meinte Schmiedeberg und wies auf den Bürgersteig.

Dort standen und saßen drei, vier Personen, denen ein kleiner, kugelrunder Mann mit weißem Kittel soeben Pflaster und kleinere Verbände anlegte.

„Das ist Doktor Krause. Ein Kinderarzt, glaube ich – er hat seine Praxis dort drüben im Haus. Er war wohl auch einer der ersten, die überhaupt vor Ort waren und sich um die Leute gekümmert haben."

„Das klingt plausibel, wenn seine Praxis praktisch neben der Unfallstelle liegt. Vielleicht hat er den Unfall sogar beobachtet – das müssen wir ihn nachher noch fragen. Dann wäre er ein wichtiger Unfallzeuge. Wohin hat man die Verletzten gebracht? Ins St. Barbara?"

„Ich denke schon. Wohin sonst, Herr Kommissar?", entgegnete Schmiedeberg etwas unsicher.

„Oberkommissar. Erkundigen Sie sich gleich noch einmal danach, das sollten wir genau wissen. Aber erstmal weiter, bitte."

„Verzeihung, Herr Oberkommissar. Ähem, wo waren wir? Ach ja, die Verletzten hatten wir. Bleiben also noch die Toten. Das wären drei – bis jetzt. Man hat sie an Ort und Stelle liegen lassen. Wir haben sie vorhin notdürftig abgedeckt."

Inmitten der Trümmerlandschaft des Straßenbahnmotorwagens zeichneten sich bei näherem Hinsehen drei flache, weiße Hügelchen ab; offensichtlich die Körper der Verstorbenen, die man mit Bettlaken, wie es schien, zugedeckt hatte.

„Die Gerichtsmedizin ist demnach noch nicht eingetroffen?", vergewisserte ich mich.

„Nein, obwohl sie verständigt worden sein müsste. Ich könnte mich ja mal erkundigen, ob tatsächlich jemand unterwegs ist", bot Schmiedeberg an.

„Tun Sie das, Wachtmeister. Ich werde mich so lange mit dem guten Samariter dort drüben unterhalten."

„Jawohl, Herr Oberkommissar", bestätigte er und marschierte zum Straßenrand, wo sich mehrere kleine Ladengeschäfte befanden. Deren zweites war ein Zeitungs- und Tabakladen, in welchen Schmiedeberg eintrat. Offensichtlich befand sich dort das nächstliegende Telefon. Derweil hatte ich mich zu der Gruppe von Leuten begeben, die von dem Mediziner betreut wurden.

„Tag, Doktor", sagte ich. „Wie geht es denn Ihren Patienten?"

„Soweit es die hier Anwesenden betrifft, ganz gut. Was ich allerdings für diejenigen, die vorhin abtransportiert wurden, nicht ganz so uneingeschränkt sagen kann. Für ein oder zwei von denen dürfte es knapp werden. Sie sind von der Polizei, nehme ich an?"

„Stimmt auffallend. Oberkommissar Alfred Hinze, preußisches Landespolizeiamt. Und sie sind Doktor Krause und Kinderarzt, soweit ich weiß?"

„Ganz recht. Geburten, erste Schritte, Ziegenpeter, Scharlach und Röteln – suchen Sie sich die schönste Kinderkrankheit aus und ich behandle sie. Das hier kann ich allerdings auch noch, so wie es jeder Arzt hinkriegen sollte. – So, gleich hast du es geschafft, junger Mann."

Während unserer Unterhaltung hatte der rundliche Doktor seine Wundversorgung keinen Augenblick unterbrochen. Soeben hatte er einem etwa zwölfjährigen Jungen eine Platzwunde am Kopf mit Jod ausgewaschen und schnitt jetzt ein großes Pflaster zurecht.

„Haben Sie denn den Unfall beobachtet?"

„Beobachtet nein, gehört ja. Ich hatte das Fenster vom Behandlungszimmer offen, es ist ja draußen wärmer als drinnen. Plötzlich gab's den großen Knall. Ich hab' hinaus geschaut – und dann so schnell ich konnte meine Tasche geschnappt und bin hinausgelaufen. – Fertig. Lass deine Mutter heute Abend vorsichtig das Pflaster abnehmen, und wenn es immer noch bluten sollte, kommst du nochmal vorbei. Verstanden?"

Die letzten Worte hatte Krause an den Jungen gerichtet, der vorsichtig an seinem Riesenpflaster herumtastete und eifrig nickte.

„Ja, Herr Doktor. Danke, Herr Doktor."

„Fühlst du dich denn jetzt etwas besser, Junge?", wollte ich von ihm wissen.

„Besser? Ich fühle mich schon wieder ganz gesund, Herr Inspektor!", versicherte der tapfere Held eilfertig.

„Soso, ganz gesund. Na, dann muss der Doktor Krause ja geradezu ein Wunderdoktor sein", meinte ich lächelnd. „Aber wenn das so ist, dann kannst du mir vielleicht eine Frage beantworten. Meinst du, das ginge?"

„Aber klar, Herr Inspektor!"

„Das heißt Kommissar, nicht Inspektor", belehrte ich ihn. „Wir sind schließlich nicht in England. Jedenfalls wollte ich gerne von dir wissen, ob du von dem Unfall etwas mitbekommen hast – also wie es passiert ist oder was du gesehen hast."

Zu seinem und meinem Bedauern schüttelte er sogleich den Kopf.

„Nein, gar nichts, Herr Ins... – ähem, Kommissar. Sonst schaue ich immer aus dem Fenster, aber heute nicht. Ich hab' gelesen, sehen Sie, das hier" – mit diesen Worten hielt er ein zerlesenes Romanheft in die Höhe, dessen Titel (‚Sherlock Holmes und die Liga der rothaarigen Männer') verriet, woher er die Idee hatte, dass Kriminalbeamte ‚Inspektor' hießen – „und da habe ich wohl gar nichts gemerkt. Der Zug war plötzlich einfach da, und dann hat es mich auch schon umeinander geworfen."

„Du hast im hinteren Straßenbahnwagen gesessen? Ja? Und dann war der Zug einfach so da, sagst du?"

Der Junge nickte erneut und zuckte gleichzeitig mit den Schultern.

„Mehr weiß ich wirklich nicht, ich schwör's ihnen!"

„Schon gut, mein Junge, ich glaube dir. Hast du sehr gut gemacht, danke erst einmal! – Ist einem von Ihnen noch irgendetwas aufgefallen?", fragte ich die drei anderen Straßenbahnpassagiere, die bereits zuvor von Doktor Krause verarztet worden waren.

Doch auch diese, zwei Männer und eine Frau, konnten nur ratlos mit dem Kopf schütteln. Nein, ihnen war überhaupt nichts Ungewöhnliches aufgefallen, bevor es scheinbar aus heiterem Himmel gekracht hatte.

Schade, ich hatte mir etwas mehr von den Zeugenaussagen erhofft. Natürlich kam es gar nicht so selten vor, dass trotz vieler Beteiligter an einem Geschehen oder Tatort nur sehr wenige verwertbare Erinnerungen und Aussagen gesichert werden konnten. In diesem Fall jedoch störte mich irgendetwas daran; irgendetwas schien nicht stimmig zu sein. Ich konnte nur überhaupt nicht erklären, was genau das sein sollte.

„Gut, dann belassen wir es vorerst dabei", meinte ich nachdenklich. Kurzentschlossen wandte ich mich noch einmal an den Kinderarzt.

15

„Sie scheinen mir hier den meisten Überblick zu haben, Herr Doktor. Fällt Ihnen noch jemand ein, den ich befragen könnte? Außer den bereits ins Krankhaus abtransportierten Personen?"

Krause kratze sich einen Augenblick lang am Kinn, dann erhellte sich sein Blick.

„Einfallen würde mir schon jemand, aber ich fürchte, das wird Ihnen im Moment nichts nützen."

„Probieren Sie es einfach", schlug ich vor.

„Nun ja – ich denke, Sie sollten auf jeden Fall mit dem Lokomotivführer von der Hafenbahn reden", meinte Krause. „Er ist äußerlich unverletzt, aber steht ziemlich unter Schock. Ich glaube kaum, dass Sie von ihm etwas Brauchbares herausbekommen. Er sitzt da drüben, bei seiner Lok."

Der Zug der Hafenbahn hatte nach dem Zusammenstoß mit der Straßenbahn die Fahrbahn der Merseburger Straße noch in voller Länge passiert. Die Dampflok und die vier Güterwaggons standen deshalb alle auf der jenseits der Straße gelegenen Bahntrasse. Auf dem Trittbrett der Lokomotive saß ein Mann in der dunklen Uniform der Reichsbahn, den Kopf gesenkt und eine Schirmmütze in den Händen knautschend. Vorsichtig einen Weg um die Trümmerberge balancierend, ging ich zu ihm hinüber.

„Kann ich kurz mit Ihnen reden?", versuchte ich ihn anzusprechen.

Zunächst zeigte sich überhaupt keine Reaktion.

„Hallo? Ich bin von der Polizei und möchte mit Ihnen sprechen. Hören Sie?"

Langsam hob der Lokführer seinen Kopf. Anscheinend versuchte er mich anzuschauen, allerdings starrten seine Augen irgendwo in die Ferne, anstelle auf mich.

„Ja … nein … was wollen … Sie denn?", brachte er nach und nach Worte und Satzfetzen hervor.

„Ich wollte von Ihnen wissen, was Sie mir über den Unfall sagen können. Was ist passiert? Woran erinnern Sie sich?"

„Erinnern … ja … ich weiß nicht", antwortete er stockend. Mittlerweile hatte er es geschafft, seine Augen etwas mehr unter Kontrolle zu bekommen und sie halbwegs auf mich zu richten. In den Augen jedoch zeigte sich vollkommene Verständnislosigkeit, die sich auch in seinen anschließenden Worten widerspiegelte: „Welcher Unfall?"

„Der Unfall mit der Straßenbahn. Ihr Zug ist mit der Bahn zusammengestoßen. Sie waren der Lokführer. Schauen Sie dort", versuchte ich es noch ein letztes Mal und wies mit der Hand auf das vor unseren Augen liegende Schlachtfeld.

Er folgte mit seinem Blick meiner Hand. Kurz vermeinte ich, ein Erstaunen in seinem Blick wahrzunehmen, danach versank dieser jedoch wieder in der bisherigen Teilnahmslosigkeit.

„Oh", war das einzige, was er noch von sich gab.

Resignierend brach ich meine Frageversuche – von Gespräch konnte ja keine Rede sein – ab. Zum jetzigen Zeitpunkt hatte das offensichtlich keinen Zweck. Man konnte nur hoffen, dass er seinen Schockzustand bald überwinden und in den nächsten Tagen wieder ansprechbar sein würde.

Suchend schaute ich über das Gelände. Wachtmeister Schmiedeberg hatte offenbar sein Telefonat längst beendet und stand nunmehr neben den Trümmern des Motorwagens. Soeben zog er eine Taschenuhr aus seiner Uniformjacke, blickte darauf und schüttelte anschließend vorwurfsvoll den Kopf.

„Verspätet sich die Gerichtsmedizin immer noch?", fragte ich, nachdem ich mich zu seinem Warteplatz begeben hatte.

„Ja, ich verstehe es auch nicht. Als ich angerufen habe, hieß es, sie hätten das Institut vor einer Viertelstunde verlassen. Das ist jetzt" – dabei blickte er erneut auf seine Uhr – „25 Minuten her. Eigentlich müssten sie längst hier sein."

„Mehr als warten können wir nicht. Haben Sie sonst noch etwas erreicht?"

„Ich habe gleich noch im St.-Barbara-Krankenhaus angerufen. Sie wollten doch wissen, ob die Verletzten dorthin gebracht worden sind."

„Und?"

„Sind sie. Als ich anrief, waren alle fünf eingetroffen. Wie es um sie steht, konnte man mir noch nicht sagen; man sei dabei, sich um alle zu kümmern, hieß es."

Das war doch immerhin etwas.

„Mehr kann man auch nicht erwarten", meinte ich. „Gut gemacht, Wachtmeister. Dann hätte ich zwei neue Bitten an Sie: Erstens sollte jemand den Lokführer nach Hause bringen. Der Mann ist völlig verstört und kann heute mit Sicherheit keine Lok mehr fahren. Selbst allein heimschicken würde ich ihn nicht. Wenn Sie oder einer der Kollegen das übernehmen könnten?"

„Kein Problem, Herr Oberkommissar. Das kann ich selbst übernehmen. Was wäre das andere?"

„Zweitens müssten Sie vorher bei der Reichsbahn anrufen, sie sollen jemand schicken, der den Zug wegfährt – weil eben der Lokführer dazu nicht mehr selbst in der Lage ist. Und richten Sie den Reichsbahnleuten aus, dass die Lokomotive unbedingt so abgestellt werden muss, wie sie ist. Es darf keinesfalls schon irgendetwas repariert werden, zuerst muss sie von einem unserer Techniker untersucht werden."

„Wird gemacht. Bleiben Sie dann vor Ort und warten selbst auf die Gerichtsmedizin? Nicht, dass die Herrschaften nicht wissen, was sie hier machen sollen, wenn sie denn mal überhaupt eintreffen."

Unwillkürlich musste ich ob der direkten Art des Wachtmeisters grinsen. Schmiedeberg gefiel mir. Er war recht flott, aber nicht übereifrig; er dachte überlegt mit, und nicht zuletzt schien er sich mit der Arbeitsweise der Kriminalpolizei auszukennen. Letzteres stellte für einen Streifenpolizisten keineswegs eine Selbstverständlichkeit dar, da vieles an kriminalistischen Ermittlungsmethoden und kriminaltechnischen Möglichkeiten erst in den letzten Jahren aufgekommen und selbst für viele Kriminalbeamte noch einigermaßen neu war.

„Ja, genauso hatte ich das vor. Die Herren von der Universität werden schon noch auftauchen, machen Sie sich ruhig auf den Weg. Und danke für die Unterstützung!"

„Dafür bin ich ja da", antwortete Schmiedeberg, tippte zwei Finger zum Gruß an seinen Tschako und machte sich erneut auf den Weg zum Zeitungsladen, um den Anruf bei der Reichsbahn zu erledigen. Ich selbst begab mich langsamen Schrittes zu den Resten des Straßenbahnwagens, um das Eintreffen der Gerichtsmediziner abzuwarten.

Der nächste Morgen brachte zunächst einmal jede Menge Papierkram und Schreibarbeit mit sich. Notizen wollten sortiert und vervollständigt werden, Formulare ausgefüllt, Protokolle und Berichte entworfen, diktiert und von der Sekretärin abgetippt werden. Mein mir zugeordneter Kriminalassistent Erwin Kaiser hatte den gestrigen Tag zwecks einer Zeugenaussage vor dem Landgericht in Leipzig verbringen müssen und mir deshalb noch nicht zur Seite stehen können. Als erstes galt es daher, ihn auf den neuesten Stand der bisherigen Ermittlungen zu bringen, damit er mir möglichst schnell einen Teil der Arbeit abnehmen konnte.

Die Herren von der Gerichtsmedizin hatten am Unfallort leider keine neuen Erkenntnisse auftun können. Zwar hatte sich Doktor Adalbert Schlosser reichlich zerknirscht über die Verspätung gegeben und versprochen, mit seinen beiden Assistenten besonders gründlich und zügig vorzugehen, doch mehr als das, was wir bereits wussten, förderten sie nicht zutage. Die drei Toten waren eindeutig an den Folgen des Unfalls verstorben. Der Straßenbahnfahrer befand sich unter den Toten. Ihn würde man also zu dem Unfallhergang nicht mehr befragen können; allerdings stand nun auch fest, dass er nicht etwa einen plötzlichen Herzanfall erlitten hatte, was eine mögliche Erklärung für das Zustandekommen des Unfalls gewesen wäre. Der Schaffner hatte sich zu dem Zeitpunkt im Beiwagen aufgehalten und gerade einem Fahrgast ein Billet ausgestellt, und war deswegen zum Glück nur leicht verletzt worden. Zum Ablauf des Zusammenstoßes konnte er jedoch leider nichts beitragen. So blieb uns anscheinend nur die vage Hoffnung auf eine baldige Rekonvaleszenz des Lokomotivführers, damit uns dieser mit einer womöglich wiederkehrenden Erinnerung weiterhelfen konnte.

Soweit hatte ich Erwin Kaiser ins Bild gesetzt, als der Kriminalassistent eine kurze, harmlose Frage stellte, die unseren Ermittlungen einen völlig unerwarteten Schwung versetzten. Soeben hatte er die Notizen zu den Aussagen, die ich für ihn zusammengefasst hatte, vor sich ausgebreitet, da stutzte er und sah mich verwundert an.

„Wo ist eigentlich die Aussage des Heizers?"

Ich musste ziemlich verdutzt dreingeschaut haben und brauchte einen Augenblick, um zu antworten.

„Die Aussage von wem, bitte? Welcher Heizer?"

„Na ja, der Heizer von der Dampflok, die den Unglückszug gezogen hat?", meinte er vorsichtig.

„Da war kein Heizer", erklärte ich bestimmt. „Der Lokführer hat seine Lok alleine gefahren."

„Das ist aber ganz unmöglich, Herr Hinze", schüttelte Kaiser den Kopf. „Jede Dampflok benötigt einen Lokführer und einen Heizer, das geht gar nicht anders."

„Wenn ich es Ihnen doch sage – es war kein Heizer da! Außerdem war die Lokomotive ziemlich klein. Bloß zwei Achsen, glaube ich."

„Die Größe spielt keine Rolle. Selbst die schmalspurigen Lokomotiven der Industriebahn Halle – die sind nochmal ein ganzes Stück kleiner als die Dampflokomotiven der Hafenbahn – werden mit zwei Mann gefahren."

„Sind Sie sich ganz sicher?", fragte ich, immer noch skeptisch.

„Absolut! Mein Vater ist Eisenbahner, müssen Sie wissen. Als Kind hat er mich oft genug ins Reichsbahnausbesserungswerk mitgenommen. Dort habe ich stundenlang an der Drehscheibe gestanden und den Lokomotiven beim Drehen zugeschaut, beim Bekohlen, bei den Reparaturen in der Werkstatt – und so natürlich eine Menge über die Dampfloks und ihren Betrieb gelernt."

Nachdenklich lehnte ich mich zurück.

„Sehr seltsam. Nicht nur, dass uns das entgangen ist – und das ist geradezu unverzeihlich! –, sondern auch niemand von den anderen Anwesenden am Unfallort hat irgendetwas von einem Heizer erwähnt. Der Mann muss zwangsläufig irgendwo gewesen sein, aber er war tatsächlich nicht da."

„Was jetzt?", wollte Kaiser wissen.

„Wir brauchen Schmiedeberg", überlegte ich. „Der Wachtmeister, welcher mit vor Ort gewesen ist. Vielleicht kann der sich an etwas erinnern. Ich versuche, ihn zu finden. Und Sie rufen sofort bei der Reichsbahn an. Stellen Sie fest, wer als Heizer mit dem Lokführer zusammen Dienst hatte, so etwas muss sich ja anhand eines Dienstplans überprüfen lassen."

Während Kaiser die entsprechende Nummer heraussuchte, ließ ich mich mit der Dienstbereitschaft verbinden. Dort erkundigte ich mich nach dem aktuellen Einsatzort von Schmiedeberg. Doch ich hatte Glück – der Wachtmeister hatte vor einer halben Stunde seine morgendliche Runde im Revier beendet und hielt sich im Bereitschaftsraum auf. Ein paar Minuten später betrat er unser Büro und hörte sich unsere neuesten Erkenntnisse an. Es knallte förmlich, als er sich mit der Hand vor den Kopf schlug. So etwas sei ihm in 25 Dienstjahren noch nicht passiert, meinte er. Doch bemerkt habe er ebenso wenig etwas wie wir – weder den Heizer selbst, noch einen Zeugen, der selbigen erwähnt hätte.

Soeben hatte auch Kaiser sein Telefonat beendet und hielt einen Notizzettel in die Höhe.

„Ich habe den Namen", verkündete er. „Es handelt sich um einen gewissen Karl Vossler, wohnhaft an der Turmstraße. Und ich habe noch etwas."

„Ja? Nun machen Sie es nicht so spannend, Kaiser", drängte ich ungeduldig.

23

„Der Schichtleiter bei der Lokeinsatzstelle meinte, Vossler sei heute nicht zum Dienst erschienen. Ohne sich ab- oder krankzumelden."

„Interessant. Könnte natürlich sein, dass er genauso unter Schock stand, wie der Lokführer und einfach nach Hause gegangen ist. Aber dem sollten wir wohl besser nachgehen", meinte ich. „Am besten, wir teilen uns auf. Sie, Schmiedeberg, fahren zu der Adresse von diesem Vossler und bringen ihn hierher, egal, in welchem Zustand er ist. Wir beide fahren noch einmal zur Unfallstelle, Kaiser. Mich lässt das Gefühl nicht los, dass wir dort noch etwas übersehen haben. Wenn ich bloß wüsste, was."

Die zehnminütige Fahrt zur Merseburger Straße verbrachten wir schweigend. Unterwegs sinnierte ich darüber, ob meine zeitweise Versetzung in meine Heimatstadt Halle wirklich die beste Entscheidung gewesen war. Lag doch mein eigentliches Ziel, die Mordinspektion unter Kriminalrat Ernst Gennat, in Berlin – dort, wo ich seit meiner Ausbildung auch gearbeitet hatte. Doch die Bedingung Gennats für meinen Wechsel vom Falschgelddezernat hin zur berühmten Inspektion A bestand darin, dass ich mich ein halbes Jahr lang in einer Dienststelle bewähren musste, die mit Todesfällen zu tun hatte. „Entscheiden Sie selbst, wohin ich Sie versetzen soll!", hatte Gennat gesagt und mir eine Liste von Großstädten im Land Preußen vorgelegt, deren Kriminalinspektionen Unterstützung benötigten. Ohne zu zögern, hatte ich auf Halle getippt. Schließlich kannte ich ,meine' Stadt bestens und würde mich für ein paar Monate nicht eigens umgewöhnen müssen; außerdem zog es mich nach langer Abwesenheit wieder in die Heimat (und es gab noch weitere Vorteile). Gennat zeigte sich einverstanden, und so versah ich seit ein paar Wochen meinen Dienst in der Kriminalinspektion Halle an der Saale. Im Gegensatz zur Berliner Kriminalpolizei, die über mehrere Inspektionen verfügte, welche jeweils für Mord, Diebstahl, Gewaltdelikte und so weiter zuständig waren, besaß Halle nur eine Inspektion, die für alles zuständig war. Die unterschiedlichen Bereiche wurden dabei von je ein oder zwei Kommissaren wahrgenommen. Meine Zuständigkeit bildete der Bereich ‚Unfälle mit Todesfolge‘. Davon gab es nicht einmal so wenige, allerdings hatten sich alle bisherigen Todesfälle, die ich bearbeitet hatte, zweifelsfrei als Unfälle herausgestellt. Bis jetzt. Wenn das so blieb, würde das Gennat genügen, um meine Erfahrung zu belegen? Ich hatte da so meine Zweifel. Aus diesem Grund machte mich auch der vorliegende Fall etwas unruhig. Irgendetwas lag hier in der Luft, doch ich vermochte es noch nicht zu greifen.

„Wir sind da, Herr Hinze“, riss mich Kaiser aus meinen Gedanken. „Was haben Sie jetzt vor?“

„Als erstes möchte ich nochmals mit dem Arzt sprechen. Es wäre ja immerhin möglich, dass er den Heizer behandelt und nach Hause geschickt hat“, erklärte ich.

Doch dieser Versuch lief ins Leere. Zwar war Doktor Krauses Praxis geöffnet und der gewohnt freundlichjoviale Kinderarzt nahm sich zwischen zwei seiner kleinen Patienten auch Zeit für uns, aber an eine Person, die der gesuchte Heizer hätte sein können, vermochte er sich nicht zu erinnern.

„Ausgeschlossen, der hätte mir ja allein aufgrund seines Erscheinungsbildes auffallen müssen. Er dürfte ja nicht wesentlich anders aussehen als so ein Lokomotivführer. Bloß, da war keiner, tut mir leid."

Das sei ja nicht seine Schuld, versicherten wir dem Arzt, bedankten uns höflich und verließen die Praxis wieder.

„Und nun?", fragte Kaiser.

„Tja, gute Frage. Ganz sicher bin ich mir nicht", meinte ich und musterte grübelnd die Baulichkeiten rund um den Bahnübergang der Hafenbahn in der Merseburger Straße. Der Unglückszug war aus Richtung Osten gekommen. Die vom Hauptbahnhof abzweigende Strecke erstreckte sich zumeist parallel zu irgendwelchen Straßen und Häuserzügen; bevor sie jedoch hier die Merseburger Straße erreichte, führte sie durch eine Art schmale Schlucht direkt zwischen zwei Häuserblöcken hindurch.

„Finden Sie es nicht auch verwunderlich, dass es hier nicht schon früher einen Unfall gegeben hat?", sagte ich schließlich. „Wenn so ein Zug zwischen den beiden Häusern herausschießt, kann man ihn doch eigentlich erst im letzten Augenblick sehen."

Kaiser schien versucht zu nicken, wiegte dann jedoch zweifelnd seinen Kopf hin und her.

„Zugegeben, die Einmündung mag nicht ganz ungefährlich sein. Aber zum einen wird jeder Zug höchstwahrscheinlich sehr langsam fahren, wenn er diese Stelle passiert. Zum anderen wird die Lokomotive doch wohl lange vorher und sehr laut pfeifen, so dass man es gar nicht überhören kann, wenn ein Zug kommt."

In diesem Moment dämmerte es mir. Mit weit aufgerissenen Augen starrte ich den Kriminalassistenten an.

„Menschenskind, Kaiser! Sie wissen ja gar nicht, was Sie da gerade sagen!“

„Wieso? Was ist passiert?“, blickte er mich nun ebenso erstaunt an.

„Die Dampfpfeife! Sie hat eben *nicht* gepfiffen, das ist passiert! Die ganze Zeit über hat mich etwas gestört. Irgendetwas stimmte nicht, es fehlte etwas – ich kam nur nicht darauf, was es sein mochte. Doch nun ist es klar! Überlegen Sie, was der Junge ausgesagt hat: Er hat gelesen, und dann wäre der Zug plötzlich da gewesen. Plötzlich da – aber er hätte sagen müssen, es hat *gepfiffen* und *dann* wäre der Zug gekommen. Genauso der Doktor: *Plötzlich* hätte es den großen Knall gegeben. Weder sie beide noch einer der anderen Fahrgäste aus der Straßenbahn haben die Lok pfeifen hören. Und das kann nur bedeuten, dass der Zug überhaupt nicht gepfiffen und der Lokführer gar kein Signal gegeben hat.“

„Aber warum nicht? Warum hat man auf der Lok kein Signal gegeben?“

„Genau das ist die entscheidende Frage, Kaiser. Da ist etwas vorgefallen auf der Lok – aber was da geschehen ist, das müssen wir jetzt herausfinden.“

„Was schlagen Sie vor, Herr Hinze?“

„Lassen Sie mich einmal überlegen“, meinte ich. Doch zu größeren Überlegungen kam ich nicht, denn fast im gleichen Augenblick hielt neben uns am Straßenrand mit leicht quietschenden Bremsen ein kleiner Opel ‚Laubfrosch', dem ein uns wohlbekannter Kollege entstieg.

„Na, das ist ja eine kleine Überraschung, Schmiedeberg! Sie hier? Wollten Sie nicht zu dem Heizer fahren?"

„Das wollte ich und das bin ich auch", versicherte der Wachtmeister. „Es war allerdings niemand zuhause. Und nicht nur das – wie mir die Vermieterin sagte, ist Vossler gestern auch nicht mehr nach Hause gekommen. Er sei gestern wie immer in aller Herrgottsfrühe zum Dienst aufgebrochen und seither nicht mehr aufgetaucht."

„Und das kann diese Vermieterin so genau sagen?", fragte Kaiser, leicht skeptisch.

„Ich denke schon", nickte Schmiedeberg. „Vossler wohnt zur Untermiete in einem Zimmer ihrer Wohnung. Sie bekommt es also mit, wenn er da ist oder durchgeht. Außerdem schien sie mir nicht gerade eine Lügnerin zu sein, sondern sie kam mir sogar leicht besorgt vor. Jedenfalls dachte ich mir, dass Sie diese Nachricht gleich erfahren sollten und bin deswegen direkt hierher gefahren. Sie hatten ja erwähnt, dass Sie noch einmal zur Unfallstelle fahren wollten."

„Gut gedacht, Schmiedeberg! Damit haben Sie uns einen weiteren Puzzlestein geliefert, zu einem Bild voller Ungereimtheiten. Uns ist nämlich in der Zwischenzeit auch noch etwas aufgefallen."

Rasch setzte ich den Wachtmeister über unsere neu gewonnene Erkenntnis bezüglich des Zugsignals ins Bild. Schmiedeberg bestätigte nochmals, dass auch ihm gegenüber niemand das Ertönen der Dampfpfeife erwähnt hatte und war ebenso wie wir der Meinung, dass dies kein gutes Zeichen sein konnte.

„Ich schlage vor, wir gehen einmal ein Stück der Hafenbahnstrecke ab", sagte ich und zeigte auf die Lücke zwischen den beiden Häuserblöcken. „Möglicherweise fällt uns etwas auf, das uns einen Hinweis darauf gibt, was sich auf dem letzten Streckenabschnitt vor dem Zusammenstoß ereignet haben könnte."

Also marschierten wir inmitten der Gleise los. Uns fiel auf, wie dicht die Außenwände der beiden Häuser wirklich zusammenstanden; es erschien beinahe unmöglich, dass durch diese Engstelle überhaupt ein Güterzug passen würde. Seltsam, dass man für die ab 1893 angelegte Hafenbahn nicht auch eine Ausführung als Schmalspurstrecke erwogen hatte, so wie für die kurz darauf errichtete Industriebahn entlang der Turmstraße.

Für derartige Gedankenspiele war allerdings nicht der richtige Zeitpunkt, denn bereits nach weniger als fünfzehn Metern entdeckten wir inmitten des hoch sprossenden Unkrauts und der Büsche, die zwischen Schienen und Häusern wucherten, ein schwarz-blutiges, zusammengeknülltes Bündel. Dies konnte nur der furchtbar verunstaltete Leichnam des Heizers Karl Vossler sein. Es war offensichtlich, dass der Mann zwischen dem Zug und der Hauswand regelrecht zermalmt worden sein musste. Selbstverständlich konnten wir angesichts des schlimmen Zustands ohne die Gerichtsmedizin keine Aussage treffen, ob er aus der Lok gestürzt und dann gestorben oder doch schon vorher zu Tode gekommen war.

Bestimmt eine Minute lang standen wir schweigend vor den Überresten dessen, was einmal ein Mensch gewesen war, bis ich endlich meine Augen von dem Anblick losreißen konnte.

„Also dann, wir haben viel zu erledigen", meinte ich seufzend. „Kaiser, diesmal müssen Sie das Telefonieren übernehmen. Gerichtsmedizin und diesmal auch Kommissar Busch vom Mord. Bleiben Sie vor Ort, bis die Gerichtsmedizin eintrifft und setzen Sie Busch ins Bild, dass wir hier mit gewisser Wahrscheinlichkeit einen Mordfall vorliegen haben. Sagen Sie den Gerichtsmedizinern, sie sollen besonders darauf achten, ob sich an der Leiche noch irgendwelche Kampfspuren feststellen lassen."

Kaiser nickte und begab sich schnellen Schrittes zu dem um die Ecke liegenden Zeitungsladen. Dessen Besitzer mussten sich beinahe schon wie eine Außenstelle der Polizei vorkommen, so oft hatten die Kollegen mittlerweile das Geschäft zwecks Benutzung des dortigen Telefonapparates aufgesucht.

„Ich hätte das auch übernehmen können, schließlich kennt mich die alte Riedel schon mehr als genügend", bot Schmiedeberg an, offenbar mit demselben Gedanken im Sinn.

„Das ist mir durchaus bewusst, Schmiedeberg, aber ich brauche Sie bei mir", erklärte ich. „Wir werden jetzt schnurstracks zu diesem Lokführer fahren. Der muss uns erzählen, was da passiert ist. Wie hieß er doch gleich? Sie haben ihn ja nach Hause gefahren."

„Neumann, Ernst Neumann. Und er wohnt im Ammendorfer Weg, das ist in der Südstadt."

„Den Ammendorfer Weg kenne ich, um die Ecke habe ich früher auch mal gewohnt. Dann los, ich fahre. Lassen Sie Ihren Laubfrosch hier stehen, wir nehmen meinen Wagen."

Im Gegensatz zu Wachtmeister Schmiedeberg verfügten wir Kommissare über zwei relativ neue Opel-8-Modelle, die uns als Dienstwagen zustanden. Damit waren wir erstens schneller und zweitens nicht ganz so beengt unterwegs wie in einem Laubfrosch. Auf der knapp drei Kilometer langen Fahrt überlegten wir wechselseitig, wie Vossler wohl zu Tode gekommen sein konnte.

„Könnte es nicht auch ein Unfall gewesen sein?", fragte Schmiedeberg. „Bei dem der Heizer einfach von der Lok gefallen und unter die Räder geraten ist?"

Ich schüttelte den Kopf.

„Theoretisch vielleicht. Aber ich habe noch nie von einem vergleichbaren Unfall gehört, und ich halte es eigentlich für ausgeschlossen, dass einem erfahrenen Lokheizer so etwas passiert. Noch dazu kann ich mir nicht vorstellen, dass das Personal ausgerechnet an einer so unübersichtlichen Stelle derart unaufmerksam sein würde."

„Dann denken Sie eher an eine Art – hm, Kampf – zwischen Lokführer und Heizer?"

„Ja, an so etwas in der Art. Ein Streit, ein Handgemenge, ein Schubser oder ein gezielter Stoß. Das hätte Vossler von der Lok befördert und würde auch erklären, warum der Lokführer versäumt hat, das Dampfsignal zu geben.

31

Weil er nämlich mit etwas ganz anderem beschäftigt war."

Nachdenklich strich sich Schmiedeberg über seinen Schnauzbart.

„Ich kann es noch immer kaum glauben. Neumann schien doch total unter Schock zu stehen. Er hat die ganze Fahrt über kein Wort gesagt, sich nicht verabschiedet, sondern ist ohne ein Wort und beinahe apathisch in seiner Wohnung verschwunden. Es sah ziemlich echt aus."

„Es kann ja durchaus ein echter Schock gewesen sein", gab ich zu bedenken. „Nachdem ihm bewusst geworden ist, was er angerichtet hat – mit dem Vorfall auf der Lok selbst, aber auch mit dem anschließenden Unfall. Das mag ihm schon schlagartig bewusst geworden sein. Oder er ist ein ausgezeichneter Schauspieler. Was mich, ehrlich gesagt, etwas wundern würde, aber auszuschließen ist es nicht."

„Dann bin ich sehr neugierig darauf, was Neumann uns dazu zu sagen hat. – Gleich sind wir da, es ist das übernächste Haus rechts."

Daraufhin verlangsamte ich das Tempo, fuhr jedoch noch etwas weiter, um nicht allzu auffällig vor dem eigentlichen Ziel zu parken. In diesem Teil des Ammendorfer Wegs standen beidseitig sogenannte Siedlungshäuser, die jeweils vier Mietparteien beherbergten. Neumann wohnte in der Nummer 113, Erdgeschoss links. Ich drückte den Klingelknopf, während Schmiedeberg um die Ecke des Gebäudes gegangen war, um einen Blick in den Garten zu werfen.

Nichts rührte sich. Ich klingelte ein zweites, ein drittes Mal, diesmal recht lange und ausdauernd – immer noch nichts. Auch hinter den Fenstergardinen konnte ich keine Bewegung ausmachen.

„Ist denn hinten etwas zu sehen?", rief ich Schmiedeberg zu.

„Nein, im Garten ist niemand. Nach hinten raus führt lediglich eine Kellertür, aber die ist fest verschlossen."

Nachdenklich musterte ich den Hauseingang. So recht mochte ich mich nicht damit abfinden, dass unser Verdächtiger nicht zuhause sein sollte. Vielleicht konnte ein anderer Hausbewohner Auskunft zu seinem Aufenthaltsort geben? Kurzentschlossen betätigte ich die Klingel bei ‚Müller', den Nachbarn auf der rechten Seite des Erdgeschosses. Ich hatte den Finger noch nicht ganz vom Knopf gelöst, als sich das Toilettenfenster jener Wohnung öffnete und der geradezu grotesk anmutende Kopf einer Frau schwer bestimmbaren Alters herausschaute. Das Gesicht wirkte aufgedunsen und verlebt, die Haare steckten voller hölzerner Lockenwickler und aus dem Mund ragte der kalte Stummel einer Zigarre. Ich kam kaum dazu, ihr meine Dienstmarke zu zeigen und den Anlass unseres Vorsprechens zu nennen, da sprudelte sie mit burschikosem Tonfall los.

„Zu wem wollen Sie? Dem Neumann? Die Mühe können Sie sich sparen, der ist nicht daheim. Schon seit gestern Abend. Was nicht das schlechteste ist, wenn sie mich fragen. Seit seine Alte mit so einem Kerl durchgebrannt ist, hat er eigentlich nur noch getobt und gesoffen. Jetzt ist endlich mal Ruhe hier, und wenn der noch mal auftauchen sollte, dann …"

Mühsam versuchte ich, den Redefluss der ‚Dame' zu stoppen. Wusste sie eventuell auch, mit wem die Ehefrau des Lokführers ein Verhältnis hatte?

„Ach Gott, Sie können vielleicht Fragen stellen. Wenn ich das mal wüsste! Es war irgend so ein Kerl aus seinem Betrieb, der sie ihm weggeschnappt hat, deshalb war er ja so sauer. Warten Sie mal – ich glaube, der heißt Voss oder so ähnlich."

Schmiedeberg und ich schauten uns vielsagend an. Das war ja interessant.

„Hieß dieser Kollege möglicherweise Vossler?", fragte ich.

Vor lauter Überraschung fiel ihr beinahe der Zigarrenstumpen aus dem Mund.

„Mensch, das ist es! Der Name war's! Sie von der Polizei wissen aber auch wirklich alles. Wenn ich das meinem seligen Oskar noch hätte erzählen können, der hätte aber gestaunt!"

Der arme Oskar konnte eher selig darüber sein, mittlerweile von seinem Dasein erlöst zu sein, dachte ich bei mir. Laut fragte ich allerdings, ob Frau Müller denn eine Idee habe, wo der Herr Neumann noch stecken könnte, wenn er sich so lange nicht zuhause aufhalte?

„Na ja, wenn Sie mich schon fragen, würde ich sagen, der ist in einer Kneipe abgesoffen. Oder in seinem Schrebergarten, da hat er sich zumindest früher ziemlich oft herumgetrieben. Auch wenn er ein Blumenbeet nicht von einem Komposthaufen unterscheiden kann, das kann ich Ihnen versichern."

Schrebergarten?"

„Ja, hinten am Ludwigsfeld." Können Sie nicht verfehlen, einfach geradeaus die Straße …"

Das Ende ihres Satzes wartete ich gar nicht ab, sondern drehte mich herum und rannte los, die verblüffte Nachbarin grußlos zurücklassend.

„Kommen Sie, Schmiedeberg!", rief ich und winkte ihm zu folgen. „Wir dürfen nicht noch mehr Zeit verlieren, vielleicht kriegen wir ihn endlich dort!"

Rasch sprangen wir in den Wagen und ich fuhr, so schnell es mir ratsam schien, den Ammendorfer Weg nach Norden, anschließend durch die Pestalozzistraße auf den Böllberger Weg. Dort, etwa auf Höhe der Saale-Verzweigung, erstreckte sich rechter Hand die ausgedehnte Kleingartenanlage ‚Am Ludwigsfeld'. Hier musste sich Neumanns Schrebergarten befinden.

Am Haupteingang angekommen, eilten wir zur obligatorischen Übersichtstafel, worauf sämtliche Parzellen der Schrebergartenanlage verzeichnet waren. Ungeduldig fuhr ich mit dem Finger die Namen ab, die sich zu jeweils einem guten Dutzend in sechs Kolumnen verbargen.

„Das muss es sein!", meinte Schmiedeberg endlich. „Parzelle 57, dritter Weg rechts – E. Neumann, Reichsbahnbeamter."

„Ein Hoch auf die preußische Gründlichkeit!", stieß ich hervor, dann ging es im Laufschritt weiter. Knapp eine Minute später standen wir vor einem schmalen, nicht mehr als fünf Meter breiten Gartengrundstück, das sich etwa zehn, fünfzehn Meter nach hinten erstreckte. Beete und Pflanzen machten einen kümmerlichen Eindruck; dies und das wuchernde Unkraut ließen darauf schließen, dass sich schon länger niemand so recht um die Pflege gekümmert hatte.

Unser Blick fiel auf die Gartenhütte. Stand deren Tür nicht einen Spalt offen?

„Seien Sie einmal ganz leise", bat ich den Wachtmeister. „Hören Sie das auch?"

Beide hielten wir den Atem an und drehten unsere Ohren der Hütte zu. Tatsächlich, aus der Baracke drangen gedämpfte, aber eindeutige Laute. Da stöhnte doch jemand!

„Los, rein!", befahl ich. Da die Pforte verschlossen war, sprang ich über den niedrigen Zaun und eilte auf das Häuschen zu. Dies ging nicht ohne Geräusche ab. Offenbar zu viele Geräusche, denn noch ehe ich die Tür erreicht hatte, flog diese auf und mit hochrotem Kopf stürmte der Lokführer Neumann aus der Hütte, in seinen Händen bedrohlich eine abgerissene Zaunlatte schwingend.

„Raus hier! Lassen Sie mich in Ruhe!", schrie er aufgebracht und fuchtelte mit der Latte vor meinem Gesicht herum. „Ich lasse sie mir nicht nochmal weg-nehmen! Von diesem Mistkerl Vossler nicht und von Ihnen auch nicht! Sie gehört mir, und wenn Sie nicht verschwinden, dann … auaaaah!"

Der Rest des Satzes ging in einem schmerzhaften Aufschrei unter. Schmiedeberg war mir nicht direkt gefolgt, sondern hatte sich etwas seitwärts auf die Hütte zubewegt. Unbemerkt von Neumann, war er von der Seite hinzugetreten und schlug mit seinem Gummiknüppel kräftig auf den Arm des Tobenden. Dieser ließ die Latte fallen und hielt sich mit der Linken den schmerzenden Oberarm. Nun war es ein leichtes für uns, Neumann zu überwältigen und zu Boden zu ringen. Schmiedeberg ließ die Handschellen um seine Gelenke klicken und stellte vorsichtshalber seinen Fuß auf den Rücken des nunmehr Gefesselten.

„Gut gemacht, Wachtmeister", keuchte ich und schlug ihm anerkennend auf die Schulter. „Passen Sie auf ihn auf, ich schaue mir die Hütte von innen an."

Während Schmiedeberg den Lokführer am Boden hielt, zog ich die Tür der Gartenhütte vollends auf. Das hereinströmende Licht fiel auf eine verschnürte und geknebelte Gestalt, die an einen hölzernen Stuhl angebunden war. Blaue Flecken um die Augen und einige hässliche Striemen im Gesicht verrieten, dass wir anscheinend gerade noch rechtzeitig gekommen waren, um Schlimmeres zu verhindern. Behutsam löste ich als erstes den Knebel.

„Ganz ruhig, Frau Neumann", sagte ich. „Es ist vorbei!"

Die Frau schaute mich mit gequältem Blick an. Sobald der Knebel gelöst war, entwich ihr ein langer, langer Seufzer, und eine Träne rollte ihre Wange herab.

Die gerichtsmedizinische Untersuchung bestätigte jenseits aller Zweifel, dass der Heizer Karl Vossler nicht an den Folgen eines Unfalls gestorben war. Zwar wären die Verletzungen durch den Sturz zwischen den sich bewegenden Zug und die Hauswände ebenfalls tödlich verlaufen, doch die wirkliche Todesursache war ein Schlag auf den Kopf, verursacht durch einen scharfkantigen Gegenstand gewesen. Damit konfrontiert, gab Erich Neumann schließlich die Tat zu. Schon mehrfach war er in den zurückliegenden Wochen mit Vossler aneinandergeraten, nachdem ihn seine Frau wegen wiederholter Misshandlungen, besonders wenn er in volltrunkenem Zustand war, verlassen und ein Verhältnis mit Vossler angefangen hatte. An jenem Morgen war der Streit eskaliert, Neumann hatte seinem Heizer die Schaufel entrissen und zugeschlagen. Daraufhin war Vossler von der Lok gestürzt; selbst entsetzt über seine Tat, hatte Neumann nicht mehr auf die Strecke geachtet, so dass es zu dem folgenschweren Zusammenstoß mit der Straßenbahn gekommen war.

Da es sich nicht um einen geplanten Mord, sondern um eine Tat im Affekt handelte, würde er wohl dafür mit einer langjährigen Zuchthausstrafe davonkommen. Allerdings erwartete ihn ein zusätzliches Verfahren wegen der fahrlässigen Tötung der Straßenbahnfahrgäste. Die anderen Verletzten hatten sich glücklicherweise allesamt wieder erholt. Für Grete Neumann musste man hoffen, dass sie nach all den schlimmen Ereignissen und den erlittenen Demütigungen wieder ein einigermaßen erträgliches Leben anfangen können würde.

Die Tote vom Giebichenstein

Mit leicht zitternden Händen setzte Paul Stübe den Meißel an. Jetzt bloß keinen Fehler machen! Ein einziger zu kräftiger Hammerschlag konnte alles verderben. Sachte schlug er einmal, zweimal, dreimal auf den Kopf des Meißels – geschafft! Der festgeklemmte Steinbrocken hatte sich gelöst, und nun war es einfach, den Brocken sowie das restliche Erdreich zu entfernen. Stübe legte Hammer und Meißel beiseite und hob das Tongefäß aus der Bodenmulde ans Licht. Zweifellos, ein Stück aus dem 14. Jahrhundert. Beschädigt zwar, doch aufgrund seiner Lage tief im Boden geschützt vor Lichteinfall und Verwitterung. Selbst auf diesem unvollständigen Stück konnte man daher die ursprüngliche Bemalung noch gut erkennen. Innerlich triumphierend, setzte Stübe das Gefäß in den mit Filz gepolsterten Holzkasten. Er hatte es vollbracht. Ihm, Paul Stübe, Student der Archäologie im sechsten Semester, war es gelungen, den sicherlich vielversprechendsten Fund der Grabungskampagne auf Burg Giebichenstein sicherzustellen. Wenn ihm das nicht die Stelle als wissenschaftliche Hilfskraft einbrachte, dann war Professor Böhm wirklich nicht mehr zu helfen. Nein, die Stelle musste geradezu ihm zufallen, daran gab es nichts zu deuten.

Ächzend richtete sich Stübe auf und streckte seine Glieder. Das lange Knien auf der kalten Erde machte die Beine schwer, den Rücken steif und ließ die Gelenke schmerzhaft anschwellen. Ein paar Dehnübungen konnten nicht schaden. Während er sich hin und her reckte, fiel sein Blick unwillkürlich auf die Rasenfläche der Unterburg. Ebenso unwillkürlich musste er den Kopf schütteln. Was er genau genommen jedes Mal tat, wenn er die Skulpturen und sogenannten Kunstwerke sehen musste, die kreuz und quer auf dem Gelände der Kunstgewerbeschule verteilt waren. Wenn das Kunst sein soll, dann heiße ich Meier, dachte Stübe bei sich. Man musste sich nur vorstellen, was zukünftige Archäologen in weiteren sechshundert Jahren denken sollten, wenn sie per Zufall gerade diese Objekte ausgraben würden. Sie würden mit Sicherheit davon ausgehen, die letzten Reste einer schrecklichen und zerfallenden Zivilisation entdeckt zu haben – und würde man es ihnen verübeln können? Diese neueste Skulptur etwa, die wohl so etwas wie eine Erhängte darstellen sollte. Sie musste ganz neu sein, jedenfalls konnte sich Stübe nicht erinnern, sie bei seinem letzten Einsatz vor zwei Tagen schon gesehen zu haben. Die Figur hing an einem aufrecht stehenden Pfosten, einen Strick um den Hals gelegt, die Arme grotesk nach hinten verdreht, als wolle sie den Pfosten hinterrücks umfassen. Auch die Beine hingen nicht gerade nach unten, sondern schienen leicht abgewinkelt. Dazu war der gesamte Körper über und über mit Farbe bedeckt, als habe man die gesamte Farbpalette eines Malerateliers über sie ausgeleert. Geradezu abstoßend, das Ganze; es hatte so gar nichts mehr mit einer natürlichen, schönen Kunst zu tun, der sich vernünftige Menschen verschreiben würden. Lediglich die Krähen schienen das Werk zu mögen, saßen doch gerade zwei von ihnen auf dessen Kopf und pickten …

Moment. Wieso sollten die Krähen auf der Statue herumpicken? Sie würden doch höchstens etwas zu fressen suchen, aber eine Skulptur aus Bronze, Holz oder Gips enthielt eigentlich gar nichts, was eine Krähe normalerweise fressen würde. Es sei denn, dass – nein, unmöglich. Das konnte nicht sein. Undenkbar. Oder doch nicht?

Verdammt, wo war bloß das Fernglas? Hatte nicht der Professor eines in seinem Werkzeugkasten? Rasch sprang Stübe zur anderen Seite des Burghofes, wo die Werkzeuge und Ausrüstungsgegenstände der Archäologen unter einer Plane geschützt lagerten. Achtlos riss er die Plane beiseite und durchwühlte die Ablage. Kurz darauf hielt er das gesuchte Fernglas in den Händen. Ein kleines, mehr für den Theatergebrauch bestimmtes Opernglas, mit Messing und Porzellan versehen, doch jetzt musste es genügen. Schnell hastete Stübe zurück zur Südmauer und richtete das Fernglas auf die Figur. Die Krähen rückten näher heran, die Konturen wurden klarer. Soeben zupfte einer der Vögel etwas aus der linken Augenhöhle, das aussah wie … Himmel! Und schwirrten da nicht plötzlich Unmengen Fliegen um den Kopf herum?

„Oh mein Gott!", brach es aus ihm heraus. „Die Fliegen! Oh mein Gott!"

Ausnahmsweise traf die Gerichtsmedizin einmal pünktlich am Ort des Geschehens ein. Dies war bisher noch nie vorgekommen, sondern wir hatten teilweise unerfreulich lange auf die Herrschaften von der Universität warten müssen, im Fall an der Hafenbahn sogar mehr als eine halbe Stunde. Heute jedoch bog, kaum dass ich meinen Wagen im äußeren Hof der Unterburg des Giebichenstein abgestellt hatte, auch schon ein großer, schwarzer Mercedes auf das Gelände ein. Ächzend quälte sich Doktor Albert Schlosser, Assistenzprofessor der Medizinischen Fakultät der Universität Halle und Chef der Abteilung Gerichtsmedizin, aus den reichlich dekadenten Lederpolstern des Automobils.

„Da kann man ja direkt neidisch werden", begrüßte ich ihn. „Im Gegensatz zur Gerichtsmedizin muss sich die arme Polizei mit einem schnöden Opel begnügen. Guten Morgen, Herr Doktor."

„Morgen, Oberkommissar", knurrte Schlosser. „Sie würden nicht tauschen wollen, glauben Sie mir. Die Universität vergibt als Dienstwagen bloß einen kleinen DKW, der noch dazu dauernd kaputt ist. Das hier ist mein Privatwagen. Bezahlt vom Geld meiner Frau, möchte ich hinzufügen."

„Glückwunsch zu Ihrer Gattin. Und keine Angst, ich bin bereits verlobt – also kein Neid im Spiel."

„Sie glücklicher. Was denken Sie, was meine Frau anstellen würde, wenn an den Wagen auch nur der kleinste Kratzer käme. Und das, wo ich ihn so oft benötige", seufzte er vernehmlich. „Also schön. Wollen wir?"

Gemeinsam legten wir die wenigen Meter zum Innenhof zurück, der bis auf den äußeren Ring und einige sich kreuzende Wege aus einer großen Rasenfläche bestand. Auf dem Rasen stand neben wenigen Bäumen und Büschen eine Reihe von Kunstwerken, welche von den Professoren und Studenten der Kunstgewerbeschule im Laufe der Jahre angefertigt worden waren. Es brauchte einen Moment, um die seltsame Szenerie zu verarbeiten, die sich unseren Augen darbot: Die am Stamm hängende Tote, der irritierend bunte Zustand der Leiche, die auf den Ästen des nächststehenden Baumes lauernden Krähen, das mittelalterlich anmutende Aussehen der Gebäudetrakte. Alles wirkte ganz so, als handele es sich um eine historische Theaterkulisse, aber nicht um reales, nüchternes Geschehen.

Während sich der Gerichtsmediziner umgehend der Leiche widmete, sprach ich mit Wachtmeister Schmiedeberg, der am Rande des Rasens bereits auf uns gewartet hatte. Egon Schmiedeberg war der erste Polizist vor Ort gewesen und setzte mich ins Bild, unter welchen Umständen die Tote entdeckt worden war.

„Gefunden hat sie ein Student, Paul Stübe. Er ist zweiundzwanzig und arbeitet mit einem Trupp Archäologen dort auf der Oberburg", erklärte Schmiedeberg und wies mit seinem ausgetreckten Arm auf die Nordseite des Geländes, wo sich knapp zwanzig Meter über uns die Mauerkrone des alten Burghofes erhob. „Dieser Stübe hat vorhin zufällig hinunter geschaut und den Leichnam zuerst für eine neue Skulptur gehalten, können Sie sich das vorstellen?"

„Ja, durchaus", entgegnete ich, was mir einen äußerst verwunderten Blick von Schmiedeberg eintrug.

„Nun ja, wenn Sie meinen … Jedenfalls hat es der Student irgendwie geschafft, ein Telefon zu finden und die Polizei zu verständigen, obwohl er ziemlich unter Schock steht. Als wir hier eingetroffen sind, war er immer noch kalkweiß im Gesicht und hat gezittert wie Espenlaub. Ich glaube, seine Kollegen haben ihm erst einmal ein paar

Schnäpse eingeflößt, damit er nicht noch ganz umkippt. Könnte sich für eine Befragung als schwierig erweisen."

„Mal sehen, ob wir ihn überhaupt noch brauchen", winkte ich erst einmal ab. „Wissen wir schon, wer die Tote ist?"

„Noch nicht, aber wir werden es sicher gleich erfahren. Professor Marcks, der Rektor, sollte es wissen. Er wartet drüben bei den Ateliers. Es sind zurzeit ohnehin nur sehr wenige Leute an der Schule – drei, vier Studenten und ebenso wenige Dozenten."

„Ach? Wie kommt das?", fragte ich verwundert.

„Ferien, Herr Oberkommissar! Die gibt's auch hier an der Kunstgewerbeschule."

Natürlich, darauf hätte ich auch selbst kommen können. Ähnlich den vorlesungsfreien Zeiten der Universität, deklarierte die Kunstschule mehrere Wochen im Sommer als lehrfrei, während derer die Lehrlinge und Studenten nach Hause fahren durften oder sich mit Aushilfsarbeiten etwas Geld verdienen konnten.

„Gut, dann rede ich erst einmal mit dem Rektor", meinte ich. „Sie können inzwischen dafür sorgen, dass niemand das Gelände verlässt und kein Unbefugter es betritt."

Schmiedeberg tippte zur Bestätigung an den Mützenschirm und marschierte in Richtung Toreinfahrt. Ich begab mich derweil zu dem vor der Tür zum Ateliertrakt unruhig auf- und ablaufenden Direktor der Werkstätten der Stadt Halle – Staatlich-städtische Kunstgewerbeschule Burg Giebichenstein, wie die Einrichtung offiziell hieß. Mit seinen einundvierzig Jahren wirkte Gerhard

Marcks ausgesprochen jung, was durch seine schlanke und hochgewachsene Erscheinung noch verstärkt wurde.

Seine vor zwei Jahren erfolgte Berufung zum Nachfolger des überraschend verstorbenen Paul Thiersch hatte damals für einiges Aufsehen gesorgt, übersprang man damit nämlich ein halbes Dutzend interessierter und renommierter Kunstprofessoren aus dem ganzen Reich. Böse Zungen behaupteten, Marcks sei hauptsächlich wegen „Pferd und Kuh", den bekannten Monumentalfiguren auf der Westseite der Kröllwitzer Brücke, welche sein Vorgänger und Mentor Thiersch entworfen hatte, noch von selbigem als würdiger Nachfolger auserwählt worden. Allerdings hatte sich Marcks mit Energie und Tatkraft sowie zugkräftigen Berufungen neuer Lehrer und Künstler mittlerweile einen recht guten Ruf erworben. Dieser Ruf und sein Aussehen standen in einem auffälligen Kontrast zu der übergroßen Nervosität, welche der Professor gerade ausstrahlte.

„Schrecklich ist das, ganz schrecklich", stöhnte Marcks und schüttelte dabei unaufhörlich seinen Kopf. „Wie konnte so etwas nur geschehen? Ausgerechnet unsere talentierteste Studentin, die erste angehende Absolventin der Skulpturenklasse! So tragisch, ein wahres Unglück für die gesamte Schule!"

„Wie hieß denn die junge Frau?", unterbrach ich seinen Redefluss.

„Anna – Anna Wolf. Sie war doch erst einundzwanzig, verstehen Sie? So jung, und dann tut sie sich so etwas Schreckliches an. Es ist – ist so unfassbar, ich kann es immer noch nicht glauben!"

„Sie nehmen also an, dass Frau Wolf Selbstmord begangen hat?"

„Ja, natürlich – ich meine, nein, nicht natürlich – aber das hat sie doch, oder? Wer sollte das sonst getan haben – also, wer würde so etwas tun? Nein, unmöglich, das kann ich mir nicht vorstellen!"

„Vorstellbar ist leider so einiges", bedeutete ich dem verwirrt-fassungslos dreinblickenden Direktor. „Für den Moment müssen wir alle Möglichkeiten in Betracht ziehen."

„Eine Katastrophe für unsere Schule ist es in jedem Fall. Sehen Sie, wir sind die Kunst- und Gewerbeschule mit dem höchsten Frauenanteil im ganzen Deutschen Reich", erklärte Marcks, der sich langsam etwas beruhigte. „Weibliche Dozenten seit 1920! Mehr als ein Viertel unserer Schüler und Studenten sind Frauen; seit kurzem sind weibliche Teilnehmer in ausnahmslos allen Klassen vertreten. Das hat uns ein hohes Ansehen verschafft, und viele junge Künstlerinnen möchten unbedingt nach Halle kommen. Bisher. Wenn sich dies durch diesen Vorfall nicht ändert – was ich aber eben befürchte."

„Wir werden sehen. Vielleicht kann uns der Gerichtsmediziner gleich schon ein paar Anhaltspunkte liefern. Was ich jetzt allerdings von Ihnen bräuchte, wären die Namen der anderen Studenten, die sich zurzeit auf dem Gelände aufhalten. Der Wachtmeister sagte mir, es seien nur recht wenige?"

„Ganz recht. Außer Anna sind es noch drei Studenten, alles Examenskandidaten. Sie nutzen die freie Zeit, um ihre Prüfungswerkstücke fertigzustellen."

„Und das wäre wer?"

„Also, da hätten wir Gerhard Geyer, ebenfalls aus der Bildhauerklasse; Thomas Werneck, Maler und Grafiker; und schließlich wäre da noch Erich Anger, Emaillierkunst."

„Gut", nickte ich. „Ich müsste dann mit allen von ihnen sprechen. Wo finde ich die drei?"

Marcks wies mit seiner Hand rechts hinter sich.

„Dort drüben. Ich habe alle gebeten – auch die beiden Lehrer, welche momentan anwesend sind –, sich im kleinen Gemeinschaftsraum einzufinden. Da hätten Sie sie alle beisammen."

„Sehr schön. Dann möchten sie dort bitte kurz warten. Ich spreche noch mit unserem Herrn von der Rechtsmedizin, danach bin ich gleich bei ihnen."

Als ich mich bei dem Leichenfundort einfand, traf zeitgleich Kriminalassistent Erwin Kaiser dort ein. Kaiser wohnte am anderen Ende von Halle und hatte dementsprechend deutlich länger gebraucht, um den Giebichenstein zu erreichen. Ich setzte ihn kurz über die bisherigen Erkenntnisse ins Bild und dann waren wir gespannt auf den vorläufigen Bericht von Doktor Schlosser.

„Nein, ich kann Ihnen noch nicht definitiv sagen, ob es sich um einen Selbstmord handelt oder nicht", sagte Schlosser und zuckte bedauernd mit den Schultern. „Auf den ersten Blick scheint allerdings nichts gegen eine Selbsttötung zu sprechen. Keine schwere Gewalteinwirkung, keine Kampfspuren an den Gliedmaßen, Tod durch Strangulation und nicht durch Genickbruch. Der Knoten am Strick sieht auch nicht professionell aus; keine

Laufschlinge oder Seemannsknoten, eher amateurhaft. Gut, das ist nicht mein Metier, sondern Ihres; wirkt aber meiner Meinung nach plausibel."

„Wie erklären Sie sich die seltsame Haltung der Toten? Es sieht doch so aus, als würde sie sich an dem Pfahl festhalten wollen?"

„Auch das spricht nicht für oder gegen eine der Möglichkeiten. Es ist durchaus vorstellbar, dass sie sich selbst aufgehängt hat, dann aber bemerkte, was sie angerichtet hat und das Schlimmste doch noch verhindern wollte. Oder aber, dass jemand ihr die Schlinge über den Hals geworfen und sie aufgehängt hat, und sie versuchte, sich dagegen zu stemmen. Beides denkbar, wobei ich im letzteren Fall davon ausgehen würde, dass sie dazu eigentlich vorher betäubt worden sein müsste. Die schon einsetzende Verwesung lässt dazu aber noch keine Anhaltspunkte erkennen."

„Wenn die Verwesung bereits eingesetzt hat, dann muss die Leiche doch eigentlich schon einige Zeit hier hängen, nicht wahr?", fragte Kaiser stirnrunzelnd.

„Richtig. Die Sommerhitze hat natürlich einiges dazu beigetragen, aber dennoch muss der Tod vor mindestens sechsunddreißig Stunden eingetreten sein, sagen wir irgendwann am Samstagabend."

Der Kriminalassistent schüttelte ungläubig den Kopf.

„Samstagabend? Der Leichnam soll so lange hier herumgehangen haben, ohne dass jemandem irgendetwas aufgefallen ist? Das ist aber sehr schwer vorstellbar."

„Tja, dann haben Sie mehr als ein Rätsel zu lösen", meinte Schlosser und klappte demonstrativ seinen Instrumentenkoffer zu. „Ich wäre hier soweit fertig. Weitere Auskünfte könnte ich Ihnen – möglicherweise! – erst nach einer Obduktion geben. Wünschen Sie, dass ich eine durchführe? Sie wäre ja nach einem offenkundigen Selbstmord nicht unbedingt vorgeschrieben. Jedoch vermute ich, dass Sie das Ganze wohl nicht als allzu offensichtlichen Fall ansehen."

„Da vermuten Sie richtig, mein lieber Herr Doktor. Ich fürchte, wir müssen auf einer Obduktion bestehen", bestätigte ich.

„Gut, wie Sie wünschen. Wenn Sie morgen um diese Zeit ins Institut kommen möchten, dann dürfte mein Bericht abholbereit verfügbar sein. Einen schönen Tag noch, die Herren!"

Mit diesen Worten lüftete Schlosser seine Melone, nickte uns beiden ein letztes Mal zu und lief danach zurück zu seinem Wagen. Mittlerweile war auch der schwarze Kastenwagen der Gerichtsmedizin auf der Burg eingetroffen. Auf Anweisung des Gerichtsmediziners begannen sie damit, den Körper von Anna Wolf vom Pfahl abzunehmen und für den Transport auf eine Bahre zu bugsieren. Wir warteten nicht ab, bis die beiden Männer ihr Werk vollendet hatten, sondern begaben uns in den Gemeinschaftsraum der Kunstgewerbeschule, um die Studenten und ihre Lehrer zu befragen. Um sie möglichst unbeeinträchtigt von den anderen reden zu lassen, hatten wir beschlossen, sie uns einzeln vorzunehmen, und baten sie dazu jeweils in die Werkstatt oder den Arbeitsraum, wo sie hauptsächlich arbeiteten.

Erich Anger, der erste, führte uns in die Emaillierwerkstatt. Bereitwillig zeigte er uns eine Serie von Schmuckstücken, die er als Meisterstücke in einer Kombination verschiedener Emailliertechniken ausführte. Die einzelnen Varianten wie Fensteremail, Gruben- und Senkschmelz sagten uns nicht viel, sahen dafür aber in ihrer Ausführung recht beeindruckend aus.

So bereitwillig uns Anger seine Werkstücke vorführte, so wenig ausgeprägt war dagegen seine Bereitschaft, uns etwas über sein Verhältnis zu seinen Mitstudenten zu erzählen. Nein, er habe Anna Wolf kaum gekannt – er kenne überhaupt die anderen kaum. Es sei nicht seine Art, sich mit anderen Menschen abzugeben oder zu umgeben. Das mochten wir glauben oder nicht, jedenfalls blieb er bei seiner individualistischen Art.

„Wenn Sie schon nach irgendwelchen Berührungspunkten zwischen bestimmten Leuten suchen, dann sollten Sie einmal mit dem Geyer reden. Der hat sich vor einiger Zeit so laut mit Anna gestritten, dass es halb Halle gehört haben muss", riet er uns.

„Wissen Sie auch, worum es bei diesem Streit ging?", wollte ich wissen.

„Na ja, er warf Anna vor, sie hätte ihm seinen Entwurf gestohlen. Das Kunstwerk, welches sie als Examensarbeit angefangen habe, sei seine Idee gewesen und sie hätte kein Recht, sich damit zu profilieren. Ich weiß nicht, ob er ihr auch gedroht hat, aber wenn jemand sie gehasst hat, dann wohl Gerhard Geyer."

„Soso … nun, wir werden dem Hinweis nachgehen. Letzte Frage: Wo waren Sie denn am Samstagabend?"

„Hier."

Hier? Auf dem Gelände der Kunstschule? Jawohl, ebenda. Er sei früh zu Bett gegangen und habe absolut nichts von irgendwelchen Geschehnissen mitbekommen.

Und am gestrigen Sonntag? Da habe er das Gebäude nicht verlassen. Er habe lange geschlafen, sei lediglich von seinem Zimmer in die Werkstatt gegangen und habe dort gearbeitet. Den Abend habe er wieder in seinem Zimmer verbracht, und er sei erst heute Morgen durch den Rektor geweckt worden.

Offen gesagt, überzeugte uns Angers Geschichte keineswegs. Konnte er wirklich nichts mitbekommen und eine so lange Zeit das Gebäude nicht verlassen haben? Je nach Blickwinkel war der Ort des Geschehens durchaus auch von den Fenstern der Kunstschule aus einzusehen. Angers Ausführungen klangen sehr nach der Devise „Nichts hören – nichts sehen". Wir vermochten noch nicht zu beurteilen, wie glaubwürdig sie waren, ließen es jedoch vorerst dabei bewenden.

Der nächste sowohl auf unserer Liste als auch angesichts des Hinweises von Erich Anger war der angehende Bildhauer Gerhard Geyer. Dieser wies allerdings die von seinem Kommilitonen erhobenen Vorwürfe vehement zurück.

„Gut, es mag ja sein, dass ich vielleicht etwas laut geworden bin, als ich die Sache bemerkt habe", gab Geyer zu. „Aber damit war es dann auch vorbei! Ich habe dann festgestellt, dass ich den Entwurf doch nicht selbst benötige, und als ich noch dazu gesehen habe, was sie daraus für ein monströses Etwas gemacht hat – nein, das hat mit meiner Idee absolut nichts mehr zu tun! Ich würde mich geradezu dagegen verwahren, dieses Machwerk mit mir in Verbindung zu bringen. Von daher hätte ich überhaupt keinen Grund mehr gehabt, auf Anna wütend zu sein. Das war vorbei und erledigt."

„Was meinen Sie denn mit ‚monströses Etwas'?", fragte Erwin Kaiser interessiert.

„Das schauen Sie sich am besten selbst an. Anna hat ja wie ich hier in der Bildhauerwerkstatt gearbeitet – da drüben steht ihr – hm – Objekt."

Geyer wies auf die entgegengesetzte Ecke der Werkstatt. Dort stand eine mittelgroße Bronzeskulptur, die auf den ersten Blick der Figurengruppe auf dem Hallenser Eselsbrunnen ähnelte. Doch beim näheren Hinsehen hatte das Werk nicht mehr viel mit dem Original gemein. Die Figuren des Esels und des Treibers waren vertauscht; ein aufrecht stehender Esel führte den auf allen vieren krabbelnden Jungen am Strick. Gleichzeitig waren die Gesichtszüge und Körperformen des als Lastesel dienenden Menschen ins Groteske verzerrt, das Gesicht dabei zu einem bizarren Schrei verformt. Der Kopf des Esels wiederum glich mit seiner überlangen Schnauze einem grässlichen Drachen, der seine Zähne blutdürstig fletschte und den Treiber zu verschlingen drohte.

„Sehen Sie, was ich meine? Die von mir stammende Idee bezog sich lediglich darauf, die Figuren des Esels und des Treibers zu vertauschen. Doch ich würde niemals so etwas Lächerliches, Unästhetisches gestalten, niemals."

„Ich weiß nicht, aber es ist gleichwohl auf eine gewisse Weise interessant", meinte ich. „Wenn dies nicht Ihr Stil ist, was gestalten Sie denn dann?"

Mit sichtlichem Stolz präsentierte uns Geyer sein für das Künstlerdiplom bestimmtes Meisterstück, eine Monumentalplastik von Ludwig dem Springer. Die Statue überragte uns alle und stellte den Landgrafen in traditioneller Rüstung und Umhang dar. Im Gegensatz zu Anna Wolfs Plastik hatte Geyer seinem Werk sehr ebenmäßige, völlig geglättete Züge gegeben, wodurch die Figur mit kühler Erhabenheit über uns hinwegblickte.

„Hier haben Sie ein Beispiel für eine absolut ästhetische, würdevolle, ideale Körperdarstellung", schwärmte Geyer. „Ästhetik! Wohlgeformtheit! Ja, das sind die neuen Gesetze der Kunst, so muss deutsche Kunst aussehen."

Skeptisch kniff ich ein Auge zu.

„Sind Sie dann überhaupt gut aufgehoben auf der Burg? Wenn ich mich so umschaue, scheint mir, dass die Mehrzahl der Künstler hier eher experimentellere Formen bevorzugt."

„Genauso ist es", stimmte mir Geyer heftig nickend zu. „Deshalb werde ich hier auch nicht lange bleiben. Sobald ich mein Diplom erhalten habe, werde ich nach Berlin wechseln und dort zu Josef Thorak gehen. Thorak ist der kommende Mann, glauben Sie mir. Er versteht es wie kein anderer, die Ästhetik der Körperlichkeit vollkommen darzustellen."

„Verlassen wir einmal für einen Augenblick die Kunst und wenden uns profaneren Fragen zu", beendete ich seine Lehrstunde. „Wo waren Sie denn am Samstagabend?"

„In der Stadt. Ich war mit ein paar Freunden in der *Spätschicht* in der Torstraße, das können Sie nachprüfen. Es ist ziemlich spät geworden – ich würde sagen, ich bin erst am Sonntagmorgen nach Hause gekommen."

„Wo ist das, Ihr Zuhause? Hier auf dem Gelände?"

„Nein. Ich bewohne ein Zimmer im Haus meiner Tante, im Mühlweg. Aber ich glaube nicht, dass Tantchen etwas dazu sagen kann, wann ich gestern Morgen wieder da war."

In Sachen Alibi hatte Gerhard Geyer damit immerhin wesentlich besseres zu bieten als Erich Anger. Wir würden das natürlich überprüfen müssen, doch vorerst ließen wir es unkommentiert stehen. Bevor wir Geyer verließen, fragten wir ihn noch, ob er sich vorstellen könne, wer außer ihm etwas gegen Anna Wolf gehabt haben konnte. Geyer gab sich zunächst unschlüssig, meinte dann jedoch etwas zögerlich, es habe vor längerer Zeit Streit zwischen der jungen Frau und Thomas Werneck gegeben.

„Die beiden waren eine Zeit lang ein Paar – nicht verheiratet natürlich, aber zusammen. Vor einigen Monaten haben sie sich dann getrennt. Da gab es ein paar sehr unschöne Szenen, verstehen Sie?"

„Wie lange ist das genau her?", hakte ich nach.

Geyer überlegte.

„Nun, ich würde sagen, ziemlich genau drei Monate."

„Und seitdem? Haben sich die beiden danach auch noch gestritten, mehrfach vielleicht?"

„Nein, nicht dass ich wüsste. Sie sind sich nicht einmal wirklich aus dem Weg gegangen. Deshalb schien es mir zuerst auch nicht besonders wichtig, das zu erwähnen."

Es sei jedenfalls gut, dass er es getan habe, versicherten wir ihm. Anschließend ließen wir den nicht ganz überzeugten Geyer in der Bildhauerwerkstatt zurück und holten den dritten Studenten aus dem Gemeinschaftsraum ab. Bald darauf standen wir mit ihm in den weitläufigen, lichtdurchfluteten Hallen des Malerateliers und ließen uns seinen Arbeitsplatz zeigen. Neben zwei Staffeleien, auf denen angefangene Gemälde impressionistischen Stils zu sehen waren, säumten zahlreiche andere Werkstücke die Ecke: vollendete und halbfertige Bilder aller Größen, farbige Textilien und ein paar Keramiken. Jene wiesen im Gegensatz zu den Bildern ausgesprochen expressionistische Züge auf und waren mit kaum erkennbaren Figuren bemalt, wobei einer der Töpfe, welcher eine Familie mit Kind zu zeigen schien, bereits zerbrochen war.

„Sie scheinen vielseitig interessiert zu sein", bemerkte ich angesichts des bunten Sammelsuriums.

„Wie man es nimmt", entgegnete Werneck und zuckte leicht mit den Schultern. „Als Maler ist man ohnehin einer der vielseitigsten Künstler und am wenigsten eingeschränkt, was die Wahl seiner Objekte betrifft."

„So sieht es aus. Aber kommen wir besser zu Anna Wolf. War sie irgendwann nicht mehr Ihre erste Wahl?"

„Sie meinen, weil wir uns getrennt haben? So ein Unsinn. Wir waren einfach eine Weile zusammen und dann eben nicht mehr. Das ist doch ganz normal."

„Aber bei Ihrer Trennung soll es nicht gerade normal zugegangen sein, sondern vielmehr recht unschön", warf Erwin Kaiser ein.

„Nein – ja – das war es doch gerade", versuchte Werneck zu erklären. „Wir haben uns nur noch gestritten, über alles Mögliche. Dann gab es in der Tat einen kleinen Knall und uns wurde klar, es geht nicht mehr. Deswegen haben wir uns getrennt, und danach war es gut."

„Gut, soso. Keine Streitereien mehr seit damals?", zweifelte ich.

„Wir waren beide viel zu sehr mit unseren Examensarbeiten beschäftigt. Alles muss in zwei Wochen fertig sein, somit hatten wir überhaupt keine Zeit, uns mit Streitigkeiten über Vergangenes aufzuhalten."

„Da Sie miteinander befreundet waren, kannten Sie sie möglicherweise besser als jeder andere. Was, glauben Sie, könnte sie veranlasst haben, sich das Leben zu nehmen?"

Werneck wiegte den Kopf hin und her und schürzte die Lippen.

„Tja, das frage ich mich genauso. Ich verstehe es nicht, wirklich! Das einzige, was überhaupt in Frage kommen würde, wäre ihre wahrscheinlich aussichtslose Zukunft, aber das hat sie eigentlich nie so sehr gekümmert ..."

„Inwiefern aussichtslose Zukunft?"

Diese Frage kommentierte Werneck mit einem sarkastischen Schnauben.

„Was denken Sie denn, wie man als Bildhauerin Geld verdienen kann? Wenn Sie nicht gerade berühmt sind oder irgendwo als Dozent unterkommen, können Sie damit keinen Blumentopf gewinnen. Als Maler findet man zur Not ein Auskommen, aber als bildender Künstler? Anna hatte keine Chance, und Ersparnisse hatte sie auch keine. Sie kommt – kam – aus recht bescheidenen Verhältnissen. Der Vater ist im Krieg gefallen, die Mutter verdient als Näherin nur wenig. Anna konnte überhaupt nur studieren, weil sie hier in Halle zuhause wohnen konnte."

„Aber Sie können sich nicht vorstellen, dass sie deswegen so besorgt war, dass sie sich etwas angetan hätte?"

„Es würde mich sehr wundern, wie ich schon sagte."

Nachdenklich blickten Kaiser und ich uns an. Konnten die Lebensverhältnisse der jungen Frau ein Motiv für einen Selbstmord gewesen sein? Oder begannen wir, nach Strohhalmen zu greifen, da eindeutige Motive und Hinweise bisher ausgeblieben waren?

Bevor wir Werneck verließen, erkundigten wir uns selbstverständlich auch nach seinem Alibi. Auch dies blieb vage. Seiner Aussage nach hatte er den Samstag bei Bekannten in Petersberg verbracht, den Sonntag dagegen zuhause in Kröllwitz. Er sei erst heute Morgen wieder mit dem Fahrrad zum Giebichenstein hinausgefahren.

Damit ließen wir es bewenden und verabschiedeten uns. Anschließend bat ich Erwin Kaiser, die Alibis von Geyer und Werneck zu überprüfen, sobald wir die Befragungen auf der Burg beendet haben würden. Dazu fehlten uns nur noch die Aussagen der beiden Dozenten, die mittlerweile recht ungeduldig im Gemeinschaftsraum warteten. Doch zu unserer Enttäuschung brachten uns diese auf den ersten Blick keinen Schritt weiter. Professor Gustav Weidanz, Leiter der Bildhauerwerkstatt, zeigte sich äußerst unleidlich ob der seiner Meinung nach groben Störungen des akademischen Betriebes und konnte uns überhaupt keine sinnvollen Informationen geben. Von Marguerite Friedländer, Töpfermeisterin und erste weibliche Leiterin der Keramikwerkstatt, erfuhren wir immerhin, dass Anna Wolf erst auf ihre Empfehlung hin von der Keramik- in die Bildhauerklasse gewechselt war.

„Keramik hat sie handwerklich nicht ausgefüllt", erklärte uns die Lehrerin. „Der Ton, das Material gehorchte ihren Händen nicht vollkommen. Die malerische Verzierung der Gefäße lag ihr durchaus, sie verstand es wirklich gut, auch moderne Malstile aufzubringen. Doch sie wollte mehr, sie brauchte filigrane, extreme Feinheiten für ihre manchmal etwas – etwas … hm, ich versuche gerade, das passende Wort für ihre Ausdrucksform zu finden."

„Meinen Sie vielleicht: bizarr oder grotesk?", versuchte ich zu helfen. Dies brachte mir ein deutliches Nicken ein.

„Ja, das trifft es ganz gut", stimmte sie mir zu. „Und für solche Feinheiten ist eben Bronzeguss oder überhaupt die Metallbearbeitung die ideale Arbeitsform. Sie hat den Vorschlag bereitwillig aufgenommen, und ich hatte den Eindruck, sie würde mit ihren jüngsten Werkstücken auch völlig darin aufgehen. Ich frage mich die ganze Zeit, ob ich irgendetwas hätte verhindern können, wenn ich noch ihre Betreuerin gewesen wäre, wissen Sie?"

„So etwas können Sie nicht wissen. Machen Sie sich bitte keine Vorwürfe, und haben Sie vielen Dank für Ihre Zeit", meinte ich und versicherte ihr, dass sie uns sehr geholfen habe, auch wenn das sicherlich ziemlich stark übertrieben war.

Damit blieb für uns auf dem Giebichenstein erst einmal nichts weiter zu tun. Während sich der Kriminalassistent, wie verabredet, um die Alibis der beiden Studenten kümmerte, übernahm ich die unangenehme Aufgabe, Anna Wolfs Mutter über den Tod ihrer Tochter in Kenntnis zu setzen. Die Unterrichtung von Angehörigen über Todesfälle aus der Familie gehört zu den unangenehmsten Aufgaben, die der Polizeiberuf mit sich bringt, und nichts ist dabei schlimmer, als Eltern den Verlust eines ihrer Kinder beibringen zu müssen. Mit Hildegard Wolf traf ich auf eine Frau, die das Leben ohnehin schon auf verschiedene Weise arg gezeichnet hatte; ihre Verbitterung war so groß, dass sie die Nachricht vom Tod ihrer Tochter nicht einmal sonderlich zu überraschen schien. Sie habe es immer schon gewusst, dass Annas Lebenswandel zu nichts Gutem führen konnte und die ihrer Ansicht nach völlig sinnlose Wahl einer künstlerischen Ausbildung ein Verstoß gegen die Pflichten einer anständigen Tochter gewesen war.

„Dabei hat sie sich in den Wahn versteigert, sie würde ihr Leben in den Griff bekommen. ‚Ach Mama', sagte sie neulich, ‚wer weiß, vielleicht habe ich ja bald einen Mann und eine Familie'. Unverschämte Göre, so etwas zu behaupten! Das war blanker Hohn, sage ich Ihnen. Verhöhnt hat sie mich, ihre Mutter – und ich darf sie jetzt auch noch beerdigen. Normalerweise beerdigt eine Tochter ihre Mutter, nicht umgekehrt. Können Sie mir verraten, wie ich das mit einem Verdienst von 20 Mark in der Woche bezahlen soll?"

Nein, das konnte ich nicht, und so ließ ich am Ende eine um das Leben betrogene Frau noch verzweifelter zurück, als ich sie vorgefunden hatte. Zu solchen Fragen, wo sich ihre Tochter in den Stunden vor ihrem Tod aufgehalten hatte, wen sie möglicherweise gesehen oder getroffen haben konnte und ob jemand ein Motiv gehabt haben könnte, Anna übel zu wollen, konnte Hildegard Wolf nichts beitragen.

Anschließend fuhr ich zum Polizeipräsidium zurück. Kaiser war jedoch noch nicht von seiner Erkundungstour zurückgekehrt, Wachtmeister Schmiedeberg ebenfalls irgendwo in der Stadt unterwegs und den Bericht der Gerichtsmedizin würde ich bekanntlich auch erst am nächsten Tag erhalten. Daher beschloss ich kurzerhand, etwas früher als gewohnt Feierabend zu machen und die deprimierenden Eindrücke des Tages bei einem Bier in *Grüns Weinstuben* zu verdrängen.

Am nächsten Morgen konnten wir damit beginnen, die bisher vorliegenden Fakten zusammenzutragen. Einer Idee von Kriminalrat Gennat aus Berlin folgend, hatten wir im Dienstraum der Kommissare eine große Schiefertafel aufgestellt, auf der wir alle Erkenntnisse zum Opfer, den Verdächtigen und dem Tatort festhielten. Außerdem konnte man wichtige Fotografien mit Heftpflastern an entsprechender Stelle dazu kleben. Diese Methode hatte den großen Vorteil, dass alle ermittelnden Beamten alle Informationen auf einen Blick vor sich hatten und sich bei

der Zusammenschau oftmals sehr viel leichter herausstellte, welches Detail zu welchem anderen passte oder,
andererseits, wo ein wichtiges Stück zu fehlen schien.

„Dann wollen wir einmal loslegen", sagte ich und nahm
die Kreide zur Hand. „Gehen wir die möglichen
Verdächtigen der Reihe nach durch. Da hätten wir
zunächst Erich Anger. Motiv – keines ersichtlich. Alibi –
auch keins. Dafür sind seine Angaben nicht gerade ein
Muster an Glaubwürdigkeit. Noch irgendetwas zu ihm?
Nein? Also weiter. Als zweiten haben wir Gerhard Geyer,
den Bildhauer. Motiv: Immerhin ein mögliches; er könnte
wütend auf Anna Wolf gewesen sein, weil sie ihm die Idee
zu dieser Statue gestohlen hat. Letzteres gibt er zu,
behauptet aber, dass der Ärger vergessen sei, da die
beiden sich künstlerisch wohl keine Konkurrenz gemacht
hätten. Das kann man glauben, muss man aber nicht …
nun ja. Alibi – wie sieht's damit aus, Kaiser?"

„Ich habe mit dem Oberkellner in der *Spätschicht*
gesprochen", erklärte der Kriminalassistent. „Der konnte
sich tatsächlich an Geyer und ein paar andere Leute
erinnern, die am Samstagabend dort ordentlich gefeiert
haben. Auch hätten die letzten, darunter Geyer, das Lokal
erst nach Mitternacht verlassen. Allerdings konnte er
natürlich nicht beschwören, dass sich in der Zwischenzeit
nicht mal jemand kurz verdrückt hat und später
wiedergekommen ist. Von der Torstraße ist man mit dem
Fahrrad in einer guten Viertelstunde an der Burg. Rechnet
man ein bisschen Zeit für die Tat als solche ein, hätte er
dennoch in weniger als einer Stunde zurück sein können.
Das macht das Alibi zumindest angreifbar."

Nachdenklich tippte ich mit der Kreide an die Tafel.

„Schon, wäre aber schwer zu beweisen, noch dazu, da Geyers Trinkbrüder wahrscheinlich beschwören würden, dass er die ganze Zeit da war. Lassen wir das vorerst so stehen und schauen uns den dritten an, Thomas Werneck. Motiv: Trennung von Anna Wolf im Streit. Allerdings ist die schon vor drei Monaten erfolgt, es wäre schon ungewöhnlich, wenn nach dieser Zeit noch so ein Gewaltverbrechen geschieht. Zumal auch niemand von den anderen Zeugen erwähnt hat, dass es in letzter Zeit noch Konflikte zwischen den beiden gegeben hätte, oder?"

„Nein, darauf gab es nicht den geringsten Hinweis", bestätigte Erwin Kaiser.

„Gut, also halten wir lediglich ein vages Motiv fest. Alibi dagegen hat Werneck keines, denn für den Abend spielt es schließlich keine Rolle, wo er sich tagsüber aufgehalten hat. Haben Sie trotzdem mit diesen Bekannten in Petersberg gesprochen?"

„Ja, habe ich. Sie konnten sich aber nicht mehr an irgendwelche Uhrzeiten erinnern und sagten lediglich, dass Werneck sie ‚irgendwann vor dem Dunkelwerden' verlassen habe. Das lässt den vermutlichen Todeszeitpunkt weiter im Bereich des Möglichen."

„Was den Todeszeitpunkt angeht, werden wir hoffentlich präziseres erfahren, wenn der Bericht des Doktors vorliegt. Wir fahren anschließend gleich zum Institut, dann dürfte er fertig sein. Vielleicht bringt er auch mehr Klarheit darüber, ob es sich nicht doch um einen Selbstmord handelt und überhaupt niemand etwas damit zu tun hat. Abgesehen davon, sind das bisher nicht allzu viele konkrete Anhaltspunkte, die wir zusammengetragen haben", meinte ich und wies auf die mit zahlreichen Fragezeichen beschriebene Tafel. „Weitere Verdächtige?"

Ratlos zuckte Kaiser mit den Schultern.

„Außer den drei Studenten gibt es ja bloß noch die beiden Dozenten und der Rektor als theoretisch infrage kommende Personen. Aber – ehrlich gesagt, ich kann mir nicht vorstellen, dass sie etwas damit zu tun haben könnten."

„Das sehe ich auch so. So, wie Professor Marcks reagiert hat und wie besorgt er in Bezug auf den Ruf der Kunstschule ist, hätte er niemals den Leichnam so öffentlich auf dem Gelände zurückgelassen, falls er denn etwas mit dem Tod von Anna Wolf zu tun gehabt hätte. In diesem Fall hätten wir die Tote bestenfalls irgendwo aus der Saale gefischt. Und Weidanz oder Marguerite Friedländer mit dem Tod der jungen Frau in Verbindung zu bringen, das scheint mir schlichtweg abwegig zu sein. Schmiedeberg, haben denn Ihre Befragungen noch etwas ergeben?"

Wachtmeister Schmiedeberg hatte mit zweien seiner Schupos die undankbare Aufgabe übernommen, die Anwohner der Nachbarstraßen, die archäologische Grabungsmannschaft, Postboten, Milchfahrer und andere Personen aufzusuchen, die am Wochenende im Umfeld des Giebichenstein etwas beobachtet haben mochten. Bis in die gestrigen Abendstunden waren die drei Beamten unterwegs gewesen, doch auch Schmiedeberg hob bedauernd die Handflächen und konstatierte bedauernd, dass leider niemand etwas Hilfreiches gesehen oder gehört hatte.

Resignierend legte ich die Kreide aus der Hand.

„Dann sieht es wohl so aus, als kämen wir an dieser Stelle nicht viel weiter. Wenn das so bleibt, spricht die Wahrscheinlichkeit mehr und mehr für einen Selbstmord. Ist jemand anderer Meinung? Nein? Gut, dann beenden wir die Lagebesprechung vorerst und Sie, Kaiser, begleiten mich in die Gerichtsmedizin."

Doktor Schlosser hatte uns seinen Bericht für zehn Uhr versprochen. Zumindest war dies die ungefähre Uhrzeit gewesen, zu der wir uns am Vortag verabschiedet hatten. Wir trafen um exakt 9:59 Uhr im Gerichtsmedizinischen Institut der Universität Halle ein, was uns einen anerkennenden Blick des Pathologen auf seine silberne Taschenuhr einbrachte.

„Sehr beachtlich, meine Herren. Was hätten Sie nur gemacht, wenn ich mit meiner Untersuchung noch gar nicht fertig gewesen wäre?"

„Oh, sind Sie nicht? Dann warten wir selbstverständlich gerne noch", meinte ich grinsend.

„Unsinn, selbstverständlich bin ich fertig. Das wäre ja noch schöner, wenn ich das nicht schaffen würde. Hier ist Ihr Bericht – bereits sauber abgetippt", knurrte Schlosser und drückte mir eine dünne Aktenmappe in die Hand.

„Steht etwas darin, was wir noch nicht wissen?", erkundigte ich mich.

„Zur Todesursache jedenfalls nicht. Tod durch Strangulation, allerdings nicht feststellbar, ob sie diese selbst herbeigeführt oder jemand anders nachgeholfen hat. Auch anderweitig keine Anzeichen von unmittelbarer Fremdeinwirkung oder Gewaltanwendung."

„Todeszeitpunkt?"

„Bleibt bei Samstagabend. Ich würde ihn etwa zwischen acht und zehn Uhr abends ansetzen. Dies ergibt sich aus dem Zustand der Leiche, der Umgebungstemperatur im Verlauf … aber ich sehe schon, das wollen Sie gar nicht so genau wissen. Steht außerdem alles da drin", sagte Schlosser und tippte auf die Akte in meiner Hand.

„Dann müssen wir damit vorlieb nehmen. In Bezug auf ein infrage kommendes Tatmotiv sieht es im Übrigen nicht allzu vielversprechend aus. Mittlerweile verdichten sich die Anzeichen, dass wir es in der Tat mit einem Selbstmord zu tun haben könnten. Wirklich tragisch."

Schlosser seufzte theatralisch und wiegte seine Hände mit undefinierbarer Geste hin und her.

„Ach wissen Sie, Oberkommissar, tragisch sind diese Fälle alle. Und doch irgendwie nicht. Ob nun durch eigene oder fremde Hand zu Tode gekommen – im Tode sind sich all diese Menschen erschreckend gleich. Zugegeben, in diesem Fall könnte man vielleicht sagen, tragisch für die junge Mutter."

„Na ja, so jung ist Anna Wolfs Mutter nun auch wieder nicht", entgegnete ich, leicht verwundert über die Ausdrucksweise des Gerichtsmediziners.

Jetzt war es an Schlosser, mich verdutzt anzuschauen.

„Wer bitte? Ihre Mutter kenne ich doch überhaupt nicht. Ich meine sie hier, diesen Leichnam! *Sie* wäre bald eine junge Mutter gewesen."

„Sagen Sie das nochmal", stieß ich hervor. „Anna Wolf ist schwanger gewesen?!"

„Genau das", bestätigte der Pathologe. „Anfang vierter Monat, würde ich schätzen. Hatte ich das vorher nicht erwähnt? Aber es steht auf jeden Fall in meinem Bericht."

Nachdenklich strich ich mir über das Kinn. Anna Wolf, schwanger. Die junge Frau. Eine junge Mutter. Mutter. Mutter und Familie … Familie! Das musste es sein. Wie konnten wir das nur übersehen!

„Kommen Sie, Kaiser!", sagte ich kurzentschlossen und wandte mich zum Gehen. „Wir müssen uns beeilen, sonst überlegt er es sich auf einmal und verschwindet doch noch."

„Wer überlegt es sich? Und wohin wollen wir überhaupt?", fragte der reichlich irritierte Kriminalassistent.

„Später", meinte ich zu ihm. Und zu Schlosser gewandt, rief ich über die Schulter: „Vielen Dank, Herr Doktor! Sie haben den Fall praktisch gelöst."

„Gelöst? Wie denn? Wollen Sie mich nicht aufklären?", rief mir der Gerichtsmediziner hinterher.

„Es wird in meinem Bericht stehen. Ich lasse Ihnen einen Durchschlag zukommen", antwortete ich, dann verschwanden wir durch die Flügeltüren des Pathologie-saales, den fassungslosen Doktor Schlosser mit offenem Mund stehen lassend.

Nachdem ich den Wagen gestartet hatte und wir wieder losgefahren waren, konnte der wie auf glühenden Kohlen sitzende Erwin Kaiser nicht mehr an sich halten.

„Nun sagen Sie doch bitte endlich, was Sie heraus-gefunden haben, Herr Hinze", bat er eindringlich.

„Was denken Sie denn, wohin wir fahren?"

„Sieht so aus, als führen wir zum Giebichenstein. Das heißt – Sie verdächtigen einen der drei Studenten?"

„Natürlich. Und Sie müssten eigentlich darauf kommen können, welchen."

„Aber wie?"

„Sie verfügen über dieselben Mosaiksteine wie ich. Überlegen Sie doch einmal: Was haben wir gesehen, was haben wir gehört? Na?"

Kaiser schwieg und grübelte, schüttelte jedoch immer wieder den Kopf. So erreichten wir einige Minuten später den Hof der Kunstschule Giebichenstein, ohne dass er der Lösung näher gekommen zu sein schien.

„Letzte Chance, Kaiser – wohin sollen wir gehen?", fragte ich, während wir die wenigen Schritte zum Gebäude zurücklegten. „Emaillierwerkstatt, Bildhauerei oder Maleratelier?"

„Ich habe wirklich keine Ahnung", meinte Kaiser ratlos.

„Nun ja, dann wollen wir mal", sagte ich und lenkte die Schritte vom Eingang aus nach rechts. Kurz darauf standen wir zum zweiten Mal in der Halle des Malateliers. Wie vermutet, stand dort Thomas Werneck an seinem Arbeitsplatz und strich mit einem Pinsel schwungvoll auf der Leinwand herum.

„Oh, die Herren von der Polizei", meinte er überrascht und legte seinen Pinsel ab. „Zu wem wollen Sie denn?"

„Zu Ihnen. Was dachten Sie denn?"

„Aber warum? Sie haben mich doch schon befragt", entgegnete Werneck irritiert.

„Sie wussten es", erklärte ich ohne Umschweife. „Sie wussten, dass Anna schwanger war, und deshalb haben Sie sie umgebracht."

Werneck blicke mich entgeistert an.

„Aber – nein! Das habe ich nicht! Und ich wusste auch nicht, dass – sie war schwanger? Woher hätte ich das wissen sollen, wir waren doch längst nicht mehr zusammen?"

„Oh doch, Sie wussten es. Deswegen", sagte ich und zeigte auf die Keramikgefäße, die immer noch auf der Werkbank aufgereiht waren.

„Wie meinen Sie das?", stammelte Werneck.

Ich trat an die Werkbank und hob das letzte Gefäß der Reihe, welches halb zerbrochen war, auf.

„Zuerst dachte ich, Sie hätten diese Keramiken bemalt. Doch Frau Friedländer hat uns den entscheidenden

Hinweis gegeben: Anna Wolf hat in der Keramikklasse angefangen und Gefäße mit expressionistischen Bildern versehen. Dieses Töpfchen zeigt eine Familie mit Kind. Anna hat es gemalt und Ihnen gegeben, nicht wahr?"

An Werneks Gesichtsausdruck konnte ich sehen, dass meine Schlussfolgerung ins Schwarze getroffen hatte. Sämtliche Farbe war aus seinem Gesicht gewichen, und er starrte versteinert auf den großen Scherben in meiner Hand.

„Als Sie sich getrennt haben, hat Anna noch nicht gewusst, dass sie schwanger war. Vor kurzem hat sie es bemerkt und sich wahrscheinlich erhofft, Sie würden zu Ihrer Verantwortung stehen. Ihre Mutter ließ etwas in der Art durchblicken, und sie selbst hat sich eine Familie gewünscht ... Hat sie Sie gedrängt oder erpresst? Gedroht, das Ganze öffentlich zu machen und Sie so zu zwingen, in eine Heirat einzuwilligen?"

„Ja! Ja, verdammt!", brach es aus Werneck heraus. Zornig riss er sich seinen Malerkittel vom Leib, schleuderte ihn zu Boden und trat darauf herum. „Dieses unverschämte kleine Ding! Sie wollte mein Leben ruinieren, meine Laufbahn, meine Freiheit! Das – das konnte ich nicht zulassen. Sie ließ einfach nicht locker, und dann habe ich mit dem Gefäß nach ihr geworfen ... Dann lag sie da, und mir fiel dieser Strick in die Hände, und dann habe ich sie damit hinausgeschleift."

„Und Sie haben sie einfach da draußen an den Pfahl gehängt, obwohl sie noch lebte?", fragte ich, entsetzt über Werneks brutale Wut.

„Das hab ich nicht gewusst! Ich dachte, sie wäre – na ja, tot eben", versuchte er sich zu rechtfertigen. „Ich wollte sie einfach nur loswerden. Ich hab sie draußen hingehängt, damit man vielleicht denkt, sie habe sich selbst das Leben genommen."

„Und dann?"

„Bin ich nach Hause. Hab einfach nicht mehr daran gedacht. Ich war wieder frei, verstehen Sie?"

„Nein, verstehe ich nicht", erklärte ich. „Ich verstehe nur so viel, dass Sie jetzt nie wieder frei sein werden. Vielleicht dürfen Sie im Zuchthaus Wände bemalen, für den Rest Ihres Lebens. Sie sind festgenommen wegen des Mordes an Anna Wolf. Kaiser, legen Sie dem Kerl Handschellen an. Es ist Zeit zu gehen."

Langsam schritt ich durch die leeren Hallen der Kunstschule, dem Ausgang entgegen. Nachdem ich ins Freie getreten war, blieb ich nachdenklich stehen, während Kaiser forschen Schrittes den Mörder Thomas Werneck zum Wagen führte. Soeben schwebte eine Wolke, die bis dahin noch die Sonne verdeckt hatte, zur Seite. Die Sonnenstrahlen tanzten über das Gras und zauberten hunderte von Grüntönen hervor. Die Blätter, Stämme, Steine und Statuen leuchteten in mehr Farben, als sie jeder menschliche Maler jemals hätte hervorbringen können. Wie gut, dass nicht der Mensch der größte Künstler ist, dachte ich, sondern dass es immer jemanden gibt, der größer ist als wir selbst.

Eine Leiche im Kofferraum

Rollen summten, Drahtseile spannten sich, Ketten rasselten und hydraulische Zylinder begannen zu keuchen. Mit einem metallischen Knirschen setzte sich der kräftige Fahrzeugaufzug in Bewegung. Eine Etage, zwei Etagen wurden passiert, bis der Aufzug im dritten Obergeschoss angekommen war und die Höhenfahrt stoppte.

Die Schiebebühne war bereits vor dem Aufzug in Stellung gebracht worden, so dass Heinz Wenzel den Wagen nur noch aus dem Aufzug heraus und auf die Bühne fahren musste. Wieder wurden Hebel umgelegt und Seile gespannt, dann begann die Seitwärtsfahrt in zwölf Metern Höhe. Die gewaltige Plattform mit dem auf ihr abgestellten Automobil fuhr an mehreren Stellplätzen vorbei, bis sie punktgenau vor dem Abstellplatz Nummer 4-18 angelangt war.

Der junge Fahrer schaltete den Motor der Schiebebühne ab und setzte sich erneut ans Steuer des schwarzen Wagens. Beinahe andächtig strich er mit der Hand über das polierte Holz des Lenkrades. Nicht zu fassen, dass er, der erst 17-jährige Schlosserlehrling Heinz Wenzel aus Halle an der Saale, tagtäglich am Steuer Dutzender Automobile sitzen und selbige in der Großgarage hin und herfahren durfte! Überhaupt bildete die Tatsache, dass er die Lehrstelle in der funkelnagelneuen Großgarage Süd bekommen hatte, einen echten Glücksfall für die Familie. Die Mutter verdiente als Näherin nicht viel, der kriegsversehrte Vater schlug sich mehr schlecht als recht als Hilfslagerist in der Maschinenfabrik durch; da zählte jeder Pfennig, den Heinz als Lehrgeld erhielt. Dazu kamen die Trinkgelder, die er von freundlichen Automobilisten und

Stammkunden gelegentlich erhielt, und noch dazu machte die Arbeit riesigen Spaß – was wollte er mehr?

Meister Reimer war zwar ein gestrenger Lehrmeister, gleichzeitig aber auch ein weitsichtiger Talentförderer. Nachdem er sich davon überzeugt hatte, dass der neue Stift nicht nur schnell von Begriff zu sein schien, sondern auch absolut zuverlässig und geradezu ehrfürchtig mit den teilweise ziemlich wertvollen Fahrzeugen umging, vertraute er dem jungen Heinz mittlerweile bedenkenlos die Schlüssel zu jedem Wagen an. In knapp einem Jahr als Lehrling hatte Heinz bereits nahezu jedes erdenkliche Automodell bewegen können: Mercedes, Opel, Auto Union, DKW, Peugeot, Buick, Skoda, Ford, darunter große und elegante Limousinen mit Chauffeur (die Großgarage verfügte über hauseigene Schlaf-, Aufenthalts- und Bade-räume für Chauffeure), aber genauso kleine Sportwagen und Allerweltsmodelle wie „Laubfrösche" oder einen Singer Junior. Die reine Stellplatzmiete war nämlich er-staunlich preiswert, weswegen sich auch viele Ortsan-sässige einen Garagenplatz leisten konnten. Eine volle Auslastung ging den Besitzern vor den ein, zwei Mark Mehreinnahmen, die sich für das Parken vielleicht hätten erzielen lassen. Die Einnahmen durch die enorme Band-breite an Zusatzleistungen betrug ein Vielfaches davon, denn neben den Unterkünften für die Chauffeure verfügte die Großgarage über eine eigene Tankstelle, eine Wagenwaschanlage, eine Reparaturwerkstatt und sogar einen Friseursalon. Zahllose Dienstleistungen wurden für die Wagenbesitzer, Geschäftsreisenden und Taxiunter-nehmen angeboten, welche in Kauf nahmen, dass der Liter Benzin hier einen Pfennig mehr kostete als an der DEA-Großtankstelle, jedoch wussten, dass sie ihren

Wagen am nächsten Morgen in einem besseren Zustand abholen konnten, als sie ihn abends abgegeben hatten.

Lächelnd drehte Wenzel den Schlüssel im Zündschloss und startete den Mercedes-Benz W-11. Behutsam drückte er das Gaspedal nach unten, trat jedoch beinahe im selben Augenblick schon wieder auf die Bremse und starrte erschrocken nach vorn. Platz 4-18 war bereits belegt!

Irritiert stellte der Lehrling den Motor ab und kletterte aus dem Wagen. Wieso stand auf dem richtigen Platz das falsche Auto? War das nicht der teure Horch-8 von diesem Bollinger? Aber warum stand der hier oben und nicht eine Etage tiefer?

Einen Moment lang überlegte Wenzel, ob er kurzerhand den Horch selbst nach unten bringen sollte. Doch dazu hätte er zunächst den Mercedes mit dem Aufzug wieder nach unten fahren und irgendwo abstellen müssen, danach den Horch umparken und schließlich den Mercedes wieder nach oben bringen und am richtigen Ort einstellen. Das alles würde eine Menge Zeit kosten und wahrscheinlich ein gehöriges Donnerwetter vom Meister einbringen. Besser gleich den Meister rufen, damit dieser selbst die Bescherung sehen und beheben konnte.

Kurze Zeit später stand Max Reimer, der fünfzigjährige Werkstattmeister der Großgarage, kopfschüttelnd und mit in die Hüften gestemmten Fäusten auf der Schiebebühne.

„Wenn ich rauskriege, wer für diese Pfuscherei verantwortlich ist, kann sich derjenige aber eine gehörige Zigarre anstecken", schimpfte er.

„Ich war es nicht!", beeilte sich Heinz Wenzel zu versichern. „Der Wagen muss zurückgekommen sein, als ich schon längst Feierabend hatte."

„Ich weiß, ich weiß", knurrte Reimer. „Da hat wahrscheinlich die Nachtschicht geschlafen oder war wieder einmal mit der Fußballreportage im Rundfunk beschäftigt. Na, die können was erleben. – So, nun schaffen wir erst einmal Ordnung. Heinz, du bringst den Mercedes nach unten, damit wir die Schiebebühne frei bekommen. Ich hole den Schlüssel und rangiere Bollingers Horch an seinen Platz."

Während Wenzel mit dem W-11 in den Aufzug zurücksetzte, stiefelte Reimer über eine kleine, eiserne Wendeltreppe ins Erdgeschoss. Dort hingen im Aufsichtsraum für Werkstatt und Tankstelle an einem riesigen Brett mit 150 Haken die Schlüssel aller in der Garage jeweils abgestellten Fahrzeuge. Der Meister schnappte sich die Zünd- und Wagenschlüssel der Horch-Limousine und stieg schnaufend die rund 40 Stufen zurück nach oben.

Max Reimer konnte später nicht mehr sagen, was genau ihn dazu bewogen hatte, doch aus irgendeinem Grund fühlte er sich veranlasst, zuerst eine Runde um den Wagen zu drehen, bevor er die Fahrertür öffnete. Auf den ersten Blick schien alles in Ordnung zu sein – kein Kratzer im Lack, keine Ölflecken unter dem Motorraum. Beim zweiten Blick jedoch fiel ihm der Stoffstreifen auf, der unter dem Kofferraumdeckel hervor schaute. Ein Deckenzipfel? *Der* gehörte ganz gewiss nicht dorthin. Also schön, bringen wir das auch noch in Ordnung, seufzte

Reimer in Gedanken, schloss den Kofferraum auf und klappte den Deckel nach oben.

Beinahe hätte ich die Augen geschlossen, als ich den Duft der Großgarage in meine Nase hineinsog. Eine wohlgeformte Mischung aus Motoröl, Superbenzin und Metall, allerdings nicht alt und abgestanden, sondern frisch und anziehend, aufregend vielfältig. Dazu kam die angenehme Kühle des noch jungen Betons, keine Spur von Moder oder Nässe – alles an dem von Ingenieur Walter Tutenberg geschaffenen Renommierbau schien neu und dynamisch zu sein. Man mochte meinen, dass allein schon diese Atmosphäre die Kunden magisch anzuziehen in der Lage war.

„Hier entlang, Herr Oberkommissar", lenkte Wachtmeister Schmiedeberg meine Schritte zu der recht engen Wendeltreppe, die uns in das oberste Stockwerk führte. Dort wartete bereits mit gezücktem Notizbuch Kriminalassistent Erwin Kaiser; neben ihm standen ein blassgesichtiger junger und ein untersetzter, älterer Mann, beide in klassische blaue Monteurskluft gehüllt.

„Das sind Heinz Wenzel, Lehrling, und Max Reimer, der verantwortliche Meister für Werkstatt und Garage", erklärte Kaiser, nachdem er mich den beiden Männern vorgestellt hatte. „Herr Reimer hat den Toten gefunden".

„Das muss ein ziemlicher Schock für Sie gewesen sein, nicht wahr?", fragte ich.

Zu meiner Überraschung schüttelte der Meister bedächtig seinen Kopf.

„Ach, wissen Sie, ich bin Tote gewöhnt. Nicht, dass Sie mich für abgebrüht halten – beileibe nicht. Aber ich war im Krieg Waffenmeister bei einer Artillerieeinheit vor Verdun. Dort habe ich so viele von Granaten zerfetzte Körper sehen müssen, dass mich so etwas nicht mehr schockieren kann. Es ist nur ... dieses Gemetzel, mitten im Frieden und mitten in der Stadt, das ist einfach nicht recht, verstehen Sie?"

„Was meinen Sie mit Gemetzel? Sieht es so schlimm aus?"

„Schauen Sie selbst, Herr Hinze", antwortete Kriminalassistent Kaiser anstelle des Meisters und wies auf die neben uns stehende große Limousine. Der Wagen war von seinem Stellplatz ein Stück nach vorn gerollt worden, um den Kofferraum besser zugänglich zu machen. Der Deckel stand weit offen und gab den Blick auf den Innenraum frei. Reimer hatte nicht übertrieben, als er von einem Gemetzel gesprochen hatte. Nur schwerlich konnte man erkennen, dass das zerfetzte und blutige Bündel, das hier vor uns lag, einmal ein Mensch gewesen war. Lediglich der Kopf der Leiche schien einigermaßen unversehrt, ansonsten war der Körper von zahlreichen Verletzungen übersät, die zu einem hohen Blutverlust geführt haben mussten, weswegen sich die Kleidung großflächig mit Blut vollgesogen hatte. Offensichtlich war der Körper in eine Art Decke gehüllt worden, die allerdings jetzt zurückgeschlagen war, damit der Gerichtsmediziner den Leichnam untersuchen konnte.

Doktor Adalbert Schlosser, der zuständige Rechtsmediziner, kniete auf dem Boden und hatte soeben seine erste Untersuchung abgeschlossen.

„Guten Morgen, Herr Doktor", sagte ich. „Wie ist er denn gestorben?"

„Ziemlich schmerzhaft und langsam", meinte Schlosser und stellte sich mit vernehmlichem Ächzen wieder auf die Beine. „Guten Morgen, mein lieber Herr Oberkommissar. Wahrscheinlich wollten Sie eher wissen, *woran* das Opfer gestorben ist. Messerstiche, sieben bis acht Stück. Allerdings keiner davon tödlich, wie es mir auf den ersten Blick scheint. – Genaueres kann ich Ihnen selbstverständlich erst sagen, wenn er bei mir auf dem Tisch liegt. – Angesichts dessen dürfte er durch die inneren Verletzungen verblutet sein. Ein langsamer und qualvoller Tod, wie gesagt."

„Wie lange könnte es gedauert haben, bis er gestorben ist?"

„Eine halbe Stunde vielleicht? Möglicherweise auch weniger, es hängt stark von der körperlichen Konstitution ab. Dazu kann ich Ihnen aber erst …"

„… nach der Obduktion etwas sagen", vervollständigte ich seinen Satz. „Völlig klar. Vielen Dank jedenfalls für Ihre erste Einschätzung. Man könnte also sagen, die Täter haben ihn zuerst zusammengestochen, danach sterben lassen, ohne Hilfe zu holen, und schließlich sterbend oder schon tot in den Kofferraum des Autos gestopft."

„*Die* Täter? Wissen Sie mehr als ich?", vergewisserte sich Schlosser.

„Sagen wir so, es scheint mir nicht nach der Tat eines einzelnen auszusehen", erklärte ich vielsagend. „Dazu kann ich *Ihnen* dann genaueres sagen, wenn wir die Ermittlungen abgeschlossen haben."

Der Gerichtsmediziner drohte mir scherzhaft mit dem Zeigefinger, während er seine Instrumente zusammenpackte und sich anschließend verabschiedete. Ich wandte mich derweil wieder den anderen zu.

„Wissen wir schon, wer der Tote ist?", erkundigte ich mich.

„Laut Herrn Reimer handelt es sich um einen gewissen Bollinger, den Besitzer des Wagens", erläuterte Kaiser. „Trotz des Zustands der Leiche ist das Gesicht ja einigermaßen zu erkennen, daher konnte er ihn sofort identifizieren."

„Was wissen Sie denn über diesen Herrn Bollinger? War er ein Stammkunde?"

„Das könnte man so sagen", nickte Reimer. „Er ist seit ungefähr drei oder vier Monaten ein Kunde – gewesen, Verzeihung. Ein Geschäftsmann, glaube ich, aus der Schweiz."

„Glauben Sie, dass er ein Geschäftsmann war, oder glauben Sie, dass er aus der Schweiz kam?"

Der Meister schaute leicht irritiert, offensichtlich war ihm die Zweideutigkeit seiner Aussage überhaupt nicht aufgefallen.

„Ja, also bei dem Geschäftsmann bin ich mir nicht so sicher. Es kann sein, dass er ganz am Anfang einmal etwas erwähnt hat, er habe künftig des Öfteren geschäftlich in Halle zu tun. Aber Schweizer war er ganz sicher, das konnte man gar nicht überhören. Und was sollte ein Schweizer auch sonst in Halle machen, wenn es nicht Geschäfte sind?"

„Gut, das werden wir überprüfen. Es ist aber sicher schon einmal ein wichtiger Hinweis. Ist denn der Herr Bollinger eigentlich immer selbst gefahren oder hatte er einen Chauffeur?"

„Nein, einen Chauffeur hat er nicht gehabt. Das hat uns übrigens sehr verwundert, denn die meisten unserer Kunden, die einen so teuren Wagen besitzen, lassen sich chauffieren und kommen höchst selten einmal selbst in die Garage. Bollinger dagegen saß immer selbst am Steuer."

„Nun ja, bei seiner letzten Fahrt wird er wohl nicht am Steuer gesessen haben", warf Kaiser ein. „Wie kam es denn überhaupt dazu, dass Sie den Toten im Kofferraum entdeckt haben? Sie überprüfen doch sicherlich kaum regelmäßig die Kofferräume aller Wagen hier."

„Nein, natürlich nicht", entgegnete Reimer beinahe entrüstet. „Das war so …"

In etwas ausschweifenden, aber ausreichend präzisen Worten schilderte uns der Werkstattmeister die Umstände, die über die Verwirrung mit dem falsch abgestellten Fahrzeug zur Entdeckung des Leichnams geführt hatten. Heinz Wenzel, der zuvor noch reichlich blasse Lehrling, hatte sich mittlerweile wieder etwas gefangen und konnte die Angaben seines Chefs bestätigen.

„Darf hier jeder seinen Wagen selbst einparken? Die Bedienung all der Aufzüge und Einrichtungen ist doch bestimmt einigermaßen kompliziert?", vermutete ich.

„Ach, so kompliziert ist das nicht. Wer es einmal gezeigt bekommen hat, kann es problemlos selbst machen. Man fährt zum Tor und wartet bloß auf das Zeichen für freie Fahrt. Die meisten Fahrer und Chauffeure parken und holen ihre Fahrzeuge selbst, nur ein paar Übervorsichtige lassen das von einem unserer Leute erledigen – und natürlich solche, die zum ersten Mal hier sind."

„Das heißt, wer auch immer den Wagen hier abgestellt hat, konnte es durchaus bewerkstelligen, dabei nicht erkannt zu werden? Zumal Sie sagten, dass es während der Nachtschicht passiert sein muss?"

„So ist es", bestätigte Reimer. „Ich selbst bin gegen sieben Uhr abends gegangen, der Heinz um acht Uhr. Da war der Wagen noch nicht da. Von acht Uhr abends bis sechs Uhr morgens teilen sich zwei Mann die Nachtschicht; ab sechs bin ich wieder da. Und heute Morgen stand Bollingers Wagen schon hier."

„Wie zuverlässig sind denn die Kollegen von der Nachtschicht?"

„Offenbar nicht zuverlässig genug", knurrte Reimer vernehmlich. „Beide sind Kriegsinvaliden, und wir haben sie eingestellt, damit sie sich zu ihrer mageren Invalidenrente noch ein kleines Zubrot verdienen können. Ich fürchte, sie machen sich den Dienst hier manchmal etwas zu bequem. Aber mit denen werde ich noch ein Hühnchen rupfen, das kann ich Ihnen versichern. Auch, wenn nachts meistens nicht viel los ist, gibt das noch keinen Grund, nachlässig zu sein!"

„Bevor Sie das tun, müssen wir erst einmal mit den beiden sprechen", versuchte ich Reimers aufkommende Erregung etwas zu bremsen. „Bitte geben Sie meinem Kollegen die Namen und Adressen der beiden, wir werden sie umgehend aufsuchen."

Während sich Erwin Kaiser von Meister Reimer die gewünschten Angaben diktieren ließ, ließ ich meinen Blick grübelnd über den glänzenden Wagen, die Schiebebühne und den Stellplatz nebst Nachbarboxen wandern. Hatten der oder die Täter den Wagen einfach nur loswerden wollen und daher hier abgestellt? Aber warum dann gerade auf diesen Platz und nicht auf den erstbesten freien Platz weiter unten? Dann fiel mir der Zündschlüssel ins Auge. An dessen Schlüsselring hing, neben dem Schlüssel für die Fahrertür und den Kofferraum, ein kleines Metallplättchen, auf dem gut lesbar die Nummer „3-18" eingraviert war. Seltsam, damit hätte man doch eindeutig gewusst, wohin Bollingers Auto gehörte, und die Garagenbediensteten wären nie über den falsch abgestellten Wagen gestolpert.

„So, ich habe die Adressen", meinte Kaiser zu mir. „Vielleicht sollten wir direkt aufbrechen? Oder fehlt uns hier noch etwas?"

„Nun, vorerst haben wir alles gesehen, denke ich. Uns fehlt noch der genaue Todeszeitpunkt, aber dazu wird uns Doktor Schlosser bestimmt heute Nachmittag mehr sagen können. Haben wir übrigens auch eine Adresse bekommen, worunter der Tote gemeldet war?"

„Nein. Der Meister sagte, dazu müsse er unten im Büro in den Unterlagen nachschauen."

„Schön, dann gehen wir auf dem Weg nach draußen noch im Büro vorbei. Also auf ins Erdgeschoss … – Menschenskind, Kaiser, warum bin ich da nicht gleich drauf gekommen!"

Der Kriminalassistent starrte mich ratlos an. „Habe ich etwas verpasst?"

„Alle haben wir doch die ganze Zeit überlegt, wie das Auto auf dem falschen Platz landen konnte, ob es aus Versehen oder wegen der Eile passiert ist – aber es schien kein offensichtlicher Grund auf der Hand zu liegen. Wie nun, wenn es an der Nummerierung gelegen hat?"

„An der Nummerierung?"

„Mir ist es bis eben auch nicht aufgefallen. Aber schauen Sie, Kaiser, die Großgarage verfügt über vier Stockwerke: Erdgeschoss, erste, zweite und dritte Etage. Aber die dritte, die oberste Etage, ist nicht mit „3" nummeriert, sondern mit „4"! Der korrekte Platz für Bollingers Wagen wäre die Nummer 3-18 gewesen, so steht es auf dem Schildchen am Zündschlüssel. Der Täter – nennen wir ihn einfach mal so – hat das gelesen und so gezählt wie wir; dadurch hat er fälschlich angenommen, das Auto gehört auf die oberste Etage. Aber dadurch hat er Platz 4-18 erwischt, und so ist das Ganze aufgeflogen."

„Herr Oberkommissar, ich glaube, Sie haben Recht!", nickte Kaiser begeistert. „Das hieße dann jedoch, das Erdgeschoss müsste mit einer „1" nummeriert sein. Das wäre zumindest recht ungewöhnlich."

„Meister Reimer weiß bestimmt den Grund dafür. Fragen wir ihn einfach."

Diese Vermutung stimmte. Jawohl, erklärte uns der Meister, die Stellplatz- beziehungsweise Etagennummerierung sei nicht gerade üblich, aber tatsächlich so gewollt. Aus irgendeinem Grund hatte der Besitzer der Großgarage darauf bestanden, den Platznummern keinesfalls eine „0" (für das Erdgeschoss) voranzustellen, also habe man die Etagen von „1" bis „4" durchnummeriert. Mittlerweile hätten sich die Belegschaft und die Kunden daran gewöhnt. Aber ganz gewiss könne eine solche Unkenntnis über diese Gepflogenheiten leicht zur Verwechslung der Stellplätze geführt haben.

„Nicht auszudenken, wenn die Kerle den Wagen wirklich auf Bollingers Stellplatz gefahren hätten!", rief Reimer erschrocken aus. „Dann wäre uns der Tote im Kofferraum möglicherweise überhaupt nie aufgefallen!"

„Irgendwann sicherlich schon, der Verwesungsgeruch hätte sich nach einiger Zeit zweifellos bemerkbar gemacht. Allerdings gehörte die frühzeitige Entdeckung des Leichnams sicherlich nicht zu den Planungen der Täter. Sie haben auf jeden Fall alles richtig gemacht."

„Vielen Dank, Herr Oberkommissar. Hauptsache, Sie schnappen die Verbrecher, die den armen Herrn Bollinger auf dem Gewissen haben."

„Seien Sie gewiss, dass wir uns die größte Mühe geben werden. Könnten Sie uns jetzt noch die Adresse von Bollinger geben?"

Den Zettel mit der Anschrift, den ich kurze Zeit später in den Händen hielt, drückte ich Wachtmeister Egon Schmiedeberg in die Hand und bat ihn, sich vor Ort schon einmal umzusehen und umzuhören. Kriminalassistent Kaiser und ich würden zunächst die beiden Nachtwächter aufsuchen und später nachkommen. Schmiedeberg nickte bestätigend und machte sich auf den Weg in die Rudolf-Haym-Straße, die parallel zur Pfännerhöhe verlief. Währenddessen führte uns beide die erste Adresse in ein Hinterhaus der Liebenauer Straße, ebenfalls nur wenige Schritte von dem Garagenkomplex entfernt.

Aushilfsnachtwächter Helmut Kramer zeigte sich – zu einem gewissen Maße verständlich – wenig begeistert, nach nur wenigen Stunden Ruhe aus dem Schlaf gerissen und zu den Ereignissen der vergangenen Nacht befragt zu werden. Müde rieb er sich das rechte Auge – das linke hatte er infolge einer Kriegsverletzung verloren – und kramte aus seinem Gedächtnis die Antworten für uns heraus. Nein, im Laufe seiner Schicht von ein Uhr bis sechs Uhr morgens sei kein Automobil zurückgebracht oder neu eingestellt worden. Bis nach vier Uhr habe sich überhaupt nichts ereignet, bevor um etwa zwanzig Minuten nach vier ein Bäckermeister wie gewöhnlich als erster seinen Lieferwagen abgeholt habe. Danach sei der Kundenstrom nach und nach stetig angestiegen, doch das habe sich durch nichts von jedem anderen Tag der letzten Wochen unterschieden. Und nein, ihm sei wirklich absolut nichts Besonderes aufgefallen.

Da anscheinend nicht viel mehr aus Kramer herauszubekommen war, wünschten wir ihm gute Nacht und begaben uns zu Wohnung des zweiten Nacht-dienstlers, welcher die Schicht von acht Uhr abends bis ein Uhr morgens bediente. Jener, ein Mann namens Siegmund Klotzer, wohnte auf der anderen Seite der Pfännerhöhe in der Turmstraße. Er schlief zwar nicht mehr, stand jedoch in seiner Abneigung gegen morgendliche Ruhestörungen seinem Kollegen wenig nach und empfing uns in einer schäbigen Küche, wo er sich eben eine Tasse Gerstenkaffee aufgekocht hatte. Seine Invalidität bestand in einem fehlenden Unterschenkel, anstelle dessen er eine hölzerne Prothese trug.

„Die meisten Wagen werden bis zum frühen Abend abgeliefert, nach acht kommen nicht mehr viele. Das wäre mir aufgefallen, wenn der Schlitten von diesem – wie hieß er doch gleich? Bollmann? – während meiner Schicht zurückgekommen wäre. Nein, da war nicht mehr viel."

„Sie kennen also den Horch von Herrn Bollinger?", vergewisserte ich mich.

„Klar, so viele so teure Wagen gibt es da ja nun auch nicht. Wissen Sie eigentlich, wie lange ich arbeiten muss, um mir auch nur eine Zündkerze von so einem Luxusgefährt leisten zu können? Die paar Mark, für die ich mir die Nächte um die Ohren schlagen muss, reichen doch hinten und vorne nicht!", wetterte Klotzer und spuckte auf den schmutzigen Boden. Dieser sah ganz so aus, als würde Klotzer mehrmals täglich auf denselben spucken und niemals aufwischen.

„Sie haben also Bollingers Wagen nicht kommen sehen. Könnte jemand den Wagen abgestellt haben, während Sie – sagen wir einmal, austreten waren?"

„Selbstverständlich nicht! Was denken Sie denn von mir? Bloß weil ich arm bin, soll ich deswegen auch unzuverlässig sein? Ich habe meinen Posten nicht verlassen, das sage ich Ihnen. Und jetzt lassen Sie mich gefälligst in Ruhe!"

„Gut, wir gehen", sagte ich und winkte Kaiser, mir zu folgen. „Aber lassen Sie sich gesagt sein: Uns interessiert nur die Wahrheit, egal wie reich oder arm jemand sein mag."

Klotzer würdigte uns keines Blickes mehr, sondern wandte uns abweisend den Rücken zu, als wir die Wohnung verließen. Nachdenklich gingen wir zurück in Richtung Rudolf-Haym-Straße, um das letzte Domizil des ermordeten Bollinger aufzusuchen.

„Was denken Sie?", fragte mich Kaiser. „Könnte einer von beiden mit der Sache zu tun haben?"

„Das halte ich sogar für wahrscheinlich, denn die Aussage von Meister Reimer kommt mir sehr glaubwürdig vor. Wenn er einer der Täter wäre, hätte er dann den Wagen mit der Leiche wahrscheinlich nicht in seiner Garage abgestellt, noch dazu auf dem falschen Platz. Es dennoch zu tun und dann die ganze Szene mit der Entdeckung des Leichnams zu arrangieren – also so viel schauspielerisches Talent traue ich ihm bestimmt nicht zu. Nein, der Wagen muss tatsächlich innerhalb der Nachtschicht in die Garage gefahren worden sein. In welcher Hälfte der Nacht, dazu hilft uns hoffentlich der genaue Todeszeitpunkt weiter."

„Jedenfalls kann sich der Fahrer des Wagens vor Ort nicht ausgekannt haben, sonst wäre ihm der Fehler mit dem Stellplatz nicht unterlaufen. Falls einer der beiden

Nachtwächter in die Geschichte involviert ist, hat er das Auto zwar reinfahren lassen, es aber nicht selbst nach oben gefahren und abgestellt. Das muss jemand anders gewesen sein."

„Eventuell sogar der Mörder selbst", mutmaßte ich. „Fraglich ist, ob sich Mörder und Nachtwächter gekannt haben."

„Müssen sie ja", meinte Kaiser in sehr selbstverständlichem Ton. „Denken Sie doch an den Autoschlüssel."

Verwundert blieb ich stehen.

„Autoschlüssel? Was meinen Sie damit?"

„Ach so, hatte ich etwa vergessen, das zu berichten? Warten Sie, ich hab's mir sogar aufgeschrieben", meinte der Kriminalassistent und zog sein kleines schwarzes Notizbuch aus der Tasche. „Moment ... hier ist es. Da, schauen Sie: Reimer sagte, er hätte den Schlüssel von Bollingers Horch von der Schlüsseltafel geholt, als er ihn heute Morgen umrangieren wollte. Das heißt doch, nach dem Abstellen des Wagens – mit der Leiche drin – muss der Schlüssel ja irgendwie an die Tafel gelangt sein. Und da selbige im Werkstattbüro angebracht ist ..."

„... muss der Schlüssel unter den Augen des Nachtwächters dorthin gelangt sein. Ausgezeichnet, Kaiser! Das beweist, dass einer der beiden Männer definitiv gelogen haben muss. Und wir werden auch herausbekommen, welcher."

Mittlerweise waren wir vor dem Haus in der Rudolf-Haym-Straße angelangt, wo Bollinger im obersten Stock eine Wohnung angemietet hatte. Wachtmeister Schmiedeberg war in der Zwischenzeit alles andere als untätig gewesen und hielt eine ganze Menge an Informationen für uns bereit.

„Ich habe von der Hausbesitzerin – eine ältere Dame, sie wohnt im Erdgeschoss – den Ersatzschlüssel zur Wohnung besorgt und mich zusammen mit einem Kollegen schon einmal umgesehen. Tatort kann Bollingers Wohnung jedenfalls nicht gewesen sein, wir haben keinerlei Blutspuren finden können und auch sonst keinerlei Anzeichen, dass in den Räumlichkeiten irgendetwas geschehen ist. Im Gegenteil, alles sieht ziemlich aufgeräumt aus. Dafür haben wir diesen Schweizer Pass sichergestellt, es ist zweifellos der des Toten. Der Mann hieß Karl Albert Bollinger, kam aus Buchs im Kanton Aargau und hat offenbar für eine dort ansässige Schokoladenfabrik gearbeitet. Den Eindruck haben zumindest die Unterlagen gemacht, die auf dem Schreibtisch im Arbeitszimmer ausgebreitet sind; wir haben selbstverständlich nichts ohne Handschuhe angerührt. Hier ist außerdem eine der Visitenkarten, welche ebenfalls auf dem Schreibtisch gestapelt waren."

Schmiedeberg reichte mir eines der schmalen Karton-streifchen, auf welchem Name, Firmenwappen und als Berufsbezeichnung „Handelsvertreter Ausland" zu lesen stand.

„Dann hat er wohl mit der Schokoladenfabrik hier in Halle zu tun gehabt", meinte ich. „Es scheint ja naheliegend, dass zwei Firmen aus derselben Branche miteinander Geschäftsbeziehungen unterhalten. Vielleicht geben die Unterlagen etwas mehr dazu her. Kaiser, das wäre Ihre

Sache; schauen Sie alle Papiere einmal durch. Außerdem sollten wir uns bei der Geschäftsführung der Schokoladenwerke erkundigen, ob denen der Herr Bollinger bekannt war."

„Geht klar, Herr Hinze", nickte Kaiser. „Ob Bollinger wohl wegen irgendwelcher Geschäftsgeheimnisse sterben musste?"

„Nein, das kann ich mir nicht vorstellen. Wegen Geschäftsunterlagen greift man nicht gleich zum letzten Mittel und ermordet jemanden. Die versucht man eher zu stehlen. Außerdem handelt es sich um einen so brutalen Mord, da steckt etwas anderes dahinter – Wut, Rache, Triebhaftigkeit oder ähnliches."

„Das ergibt Sinn. Gut, dann warte ich noch, bis der Kollege von der Spurensicherung die Fingerabdrücke vom Schreibtisch abgenommen hat, dann packe ich die Unterlagen zusammen und nehme sie mit aufs Präsidium. Oder soll ich ebenfalls mit zur Schokoladenfabrik kommen?"

„Nein, das wird nicht nötig sein. Es ist wahrscheinlich praktischer, wenn wir uns aufteilen", sagte ich und schaute mich suchend nach einem Telefonapparat um. Da ich keinen solchen entdecken konnte, fragte ich Schmiedeberg, ob ihm bei der Durchsuchung ein Telefon untergekommen sei. Nein, Bollinger habe keinen Apparat gehabt, jedoch verfüge die Hausbesitzerin über einen solchen. Also begab ich mich zu Bertha Tandler, einer rüstigen fünfundsiebzigjährigen Witwe, die gerne bereit war, mich das Telefon für einen Anruf in der Schoko-ladenfabrik benutzen zu lassen. Dort konnte ich über das Chefsekretariat einen Termin mit dem Geschäftsführer ausmachen, der vermutlich etwas davon wissen würde, ob und wenn ja, was Karl Bollinger mit der Firma zu tun gehabt hatte.

„Nicht der Rede wert", wehrte die freundliche Witwe ab, als ich mich für die Benutzung des Telefonapparates bedankte. „Ich hoffe doch sehr, Sie finden diese abscheulichen Mörder! Der arme Herr Bollinger … ich habe mich immer so gefreut, wenn er wieder einmal gekommen ist, wissen Sie?"

„Wie oft war er denn in Halle? Eher regelmäßig oder eher unregelmäßig?", erkundigte ich mich.

„Immer alle vier Wochen. Er war dann genau eine Woche hier, dann wieder drei Wochen in der Schweiz. Nach ihm hätten Sie ein Uhrwerk stellen können! Ich weiß, es klingt schrecklich nach einem Klischee, aber auf ihn passte das Bild eines ‚typischen Schweizers' wirklich ganz genau, wissen Sie? Er war immer so höflich, so korrekt, so pünktlich und so ordentlich. Sogar die Knöpfe seiner Aktentasche haben stets geblinkt wie frisch poliert."

Der letzte Satz hatte mich hellhörig werden lassen.

„Aktentasche, sagen Sie? Was für eine Aktentasche hat er denn bei sich getragen?"

Bertha Tandler runzelte für einen Moment leicht irritiert die Stirn, gab dann jedoch bereitwillig Auskunft.

„Ja, wie soll ich das sagen – eine ganz normale, schwarze Aktentasche. Oder warten Sie – nein, vielleicht doch nicht. Sie war schon recht groß, und die Beschläge waren wirklich etwas Besonderes. Sehr edel gearbeitet und mit

Sicherheit aus echtem Silber. Als Witwe eines Juweliers habe ich schließlich einen Blick für so etwas, wissen Sie?"

„Das glaube ich Ihnen unbesehen, meine Dame", versicherte ich ihr. „Wenn Sie mich bitte einen Augenblick entschuldigen würden? Ich denke, Sie haben uns gerade sehr weitergeholfen."

„Aber sehr gerne doch, Herr Ober…"

Den Rest des Satzes hörte ich schon nicht mehr, da ich mich bereits umgedreht hatte und so schnell ich konnte die Treppe wieder nach oben geeilt war.

„Schmiedeberg! Gut, dass Sie noch da sind", wandte ich mich an den umtriebigen Wachtmeister, welcher soeben Kriminalassistent Kaiser beim Zusammenpacken der Papiere zur Hand ging.

„Oh, ich dachte, Sie seien schon unterwegs. Haben Sie etwas vergessen?"

„Nein, nicht vergessen. Aber die Hauswirtin hat mich eben erst auf etwas aufmerksam gemacht, was wir vorher noch nicht wussten. Haben Sie bei der Durchsuchung dieser Wohnung eine große, schwarze Aktentasche gefunden?"

Schmiedeberg musste nicht lange überlegen und schüttelte entschieden den Kopf.

„Nein, ganz bestimmt nicht. Da war keine Aktentasche, Herr Oberkommissar."

„Im Auto wurde doch auch keine gefunden, richtig? Frau Tandler behauptet jedoch, dass Bollinger stets eine Aktentasche bei sich gehabt habe. Das bedeutet, dass wahrscheinlich der Täter die Tasche an sich genommen haben muss."

„Oder, dass Bollinger wegen dieser Tasche – beziehungsweise wegen ihres Inhalts – umgebracht worden ist", brachte Erwin Kaiser seine Raubmordtheorie erneut ins Spiel.

„Wie dem auch sei, jedenfalls muss ich nun umso dringender zur Schokoladenfabrik. Vielleicht wissen die Leute dort ja, was Bollinger in seiner Tasche mit sich herumgetragen hat. Für Sie, Schmiedeberg, habe ich jetzt allerdings einen neuen Auftrag. Es wird leider ein etwas mühseliger Auftrag werden, fürchte ich."

„Nur heraus damit, es ist ja nicht das erste Mal, dass Sie mir derlei interessante Aufgaben zuschanzen", grinste der Wachtmeister. „Was darf's denn diesmal sein?"

„Was denken Sie, wie viele Pfandleihen es in Halle wohl geben mag?"

„Pfandleihen? Tja, lassen Sie mich kurz überlegen … also mindestens zwei Dutzend werden es ganz bestimmt sein. Mehr noch, wenn wir alle Vororte mit einrechnen."

Diese Schätzung mochte stimmen. Schon nach dem Weltkrieg und erst recht während der Inflationszeit waren kleine und große, seriöse und zwielichtige Pfandleihen wie Pilze aus dem Boden geschossen. Zu viele Menschen waren gezwungen gewesen, ihre Besitztümer zu verpfänden, da Geld und Einkommen fehlten oder Bargeld wertlos geworden war. Gegenüber einem Verkauf barg das Leihhaus immer noch ein Fünkchen Hoffnung, den Besitz später doch einmal auslösen zu können, wenn wider Erwarten ein Wunder geschah. Doch allzu oft geschahen diese Wunder nicht, und die im letzten Jahr in Amerika ausgebrochene Wirtschaftskrise begann immer deutlicher, nach Europa und Deutschland herüber zu schwappen, so dass die Pfandleihen gerade jetzt eine neue Blüte erlebten.

„Ich möchte, dass Sie mit Ihren Leuten alle Pfandleihen und Leihhäuser abklappern", erklärte ich. „Erkundigen Sie sich dort nach dem Verbleib der Aktentasche – groß, schwarz, wahrscheinlich noch recht neu aussehend. Besonderes Merkmal sind auffällige Beschläge aus Silber. Und fragen Sie nicht nur, ob jemand eine solche Tasche eingeliefert hat, sondern die Leute sollen auch die Augen offen halten. Falls jemand in den kommenden Tagen eine solche Tasche verpfänden will, sollen die Pfandleiher den Mund halten, die Tasche unbedingt annehmen und anschließend uns benachrichtigen. Kriegen Sie das hin?"

„Das sollte kein Problem sein", meinte Schmiedeberg. „Wir werden den Leuten schon klarmachen, was sie zu tun und zu lassen haben, verlassen Sie sich darauf. Aber wieso vermuten Sie denn, dass die Aktentasche in einem Leihhaus gelandet ist?"

„Ich gebe zu, es ist ein Schuss ins Blaue. Aber irgendwie werde ich das Gefühl nicht los, dass die Täter nicht das erreicht haben, was sie wollten, und nun wenigstens für diese Tasche noch ein paar Mark herausschlagen wollen. Kann sein, dass ich mich irre, aber ich halte den Versuch für nötig."

Schmiedeberg schien nicht ganz so überzeugt davon zu sein, dass meine Idee sonderliche Erfolgsaussichten aufwies, versprach aber natürlich, sich darum zu kümmern. Allerdings könne er nicht versprechen, die aufwendige Umfrage noch am selben Tag abschließen zu können. Das sei völlig in Ordnung, versicherte ich ihm.

Während sich Schmiedeberg also auf den Weg ins Präsidium machte, um ein paar Mann Schutzpolizei zu organisieren, die mit ihm die Pfandleihen aufsuchen sollten, konnte ich endlich die längst fällige Fahrt zur Schokoladenfabrik antreten.

Am nächsten Vormittag fanden wir uns, beinahe schon in gewohnter Weise, alle miteinander vor unserer Fahndungstafel ein und versuchten, die bisher gefundenen Informationen zusammenzutragen. Auf Wunsch von Wachtmeister Schmiedeberg hatten wir erst um halb elf damit angefangen, so dass die Beamten noch die Möglichkeit besaßen, die restlichen drei oder vier Geschäfte aufzusuchen, die man am gestrigen Tag nicht mehr geschafft hatte. Allerdings vermochte die Befragung der Leihhäuser – weder die gestrige noch die heutige – bisher keine brauchbaren Ergebnisse liefern; hier konnten wir nur abwarten, ob sich noch etwas ergeben würde.

Mein Besuch in der Schokoladenfabrik war ebenso wenig ergiebig gewesen. Die Vermutung, Karl Bollinger habe mit der Hallenser Schokoladenfabrik in Geschäftskontakten gestanden, hatte sich zwar als zutreffend erwiesen. Jedoch konnte sich der umgängliche und hilfsbereite Geschäftsführer der Schokoladenwerke nicht erklären, warum man Bollinger wegen des Inhalts seiner

Aktentasche hätte überfallen oder gar ermorden sollen. Geschäftsgeheimnisse seinen jedenfalls überhaupt nicht im Spiel gewesen.

„Wir haben aus der Schweiz lediglich Zutaten und Zusatzstoffe für die Schokoladenproduktion bezogen", hatte mir Franz Hammer erläutert. „Dabei ging es keineswegs um geheime Stoffe oder dergleichen, sondern um Erzeugnisse, die auch diverse andere Firmen aus der Schweiz oder Italien anbieten. Glücklicherweise erfreuen wir uns bisher recht erheblicher Rabatte, da wir der älteste Auslandskunde der betreffenden Firma sind, für die Herr Bollinger tätig gewesen ist. Wir verdanken Herrn Bollinger viel und es ist unfassbar, dass so etwas Schreckliches mit ihm geschehen ist! Wirklich unfassbar!"

Ob Hammer etwas zum Inhalt der Aktentasche von Bollinger sagen könne, wollte ich wissen.

„Er hat natürlich von all den Rohstoffen, um die es jeweils ging, immer ein paar Produktproben dabei gehabt. Aber deren geringe Packungsgröße stellte ganz gewiss keinen auffälligen materiellen Wert dar. Abgesehen davon, trug er immer eine Reihe von Papieren bei sich. Doch selbst diese … wenn wir sie vielleicht auch ungern in der Presse sehen würden, so gäbe es schlimmeres als der Verlust oder die Veröffentlichung dieser Unterlagen."

Diese Spur schien also tatsächlich nirgendwohin zu führen. So rekapitulierte ich jedenfalls den Stand der Dinge für die anderen, die das ganze jedoch auch nicht viel anders sahen als ich.

„Damit bleibt noch die Gerichtsmedizin", meinte Erwin Kaiser angesichts der immer noch unerfreulich leeren

Tafel. „Haben wir da ein neues Ergebnis bekommen, das uns weiterbringt?"

„Wie man es nimmt", seufzte ich. „Ein Ergebnis ja, ob es uns weiterbringt, weiß ich allerdings nicht. Doktor Schlosser hat die Todesursache bestätigt – sieben Stiche mit einem Jagdmesser oder etwas ähnlichem und, präzise, wie er ist, einen recht genauen Todeszeitpunkt errechnet. Wollen Sie raten, welchen?"

„Wenn Sie schon so fragen, dann tippe ich mal auf genau ein Uhr nachts. Richtig?"

„Wieso gerade ein Uhr?", fragte Schmiedeberg.

„Weil genau um ein Uhr nachts die Schicht der Nachtwächter wechselt. Der erste ist *bis* ein Uhr im Einsatz, der zweite *ab* ein Uhr", erläuterte ich ihm. „Und natürlich haben Sie Recht, Kaiser. Ein Uhr, plus oder minus eine halbe Stunde. Das heißt, es kann zum Ende der ersten oder zu Beginn der zweiten Schicht geschehen sein."

„Schade, es hätte so schön einfach sein können. Damit sind wir genauso weit wie zuvor", sagte Kaiser mit sichtlichem Bedauern.

„Manchmal lässt uns eben auch die präziseste Wissenschaft präzise im Unklaren. Außerdem, wo blieben dann wir, wenn uns die Wissenschaftler das ganze Ermitteln ersparen würden?"

„Was werden wir dann jetzt tun?"

„Also wir werden wohl in zwei Richtungen ermitteln müssen. Zum einen wären alle Nachbarn und notfalls großflächig die Anwohner in der Rudolf-Haym-Straße und den angrenzenden Straßen rund um die Großgarage zu befragen, ob nicht doch irgendwer irgendwas gesehen oder mitbekommen hat."

Wachtmeister Schmiedeberg stieß vernehmlich die Luft aus seinen Backen.

„Oje, das sind hunderte von Klingeln, die wir uns dann vornehmen müssten. Dagegen sind die paar Pfandleihen geradezu ein Spaziergang gewesen. Gibt es keine andere Möglichkeit?"

„Nun, wir könnten uns auch erst einmal der anderen Aufgabe widmen, die ich mir überlegt habe. Wenn diese jedoch nichts Relevantes ergibt, dann führt eher kein Weg an den Haus-zu-Haus-Befragungen vorbei."

„Und was wäre diese andere Aufgabe?"

„Wir werden den Hintergrund aller Angestellten aus der Großgarage gründlich durchleuchten, und zwar vom Meister bis zum Lehrling, vom Nachtwächter bis zum Friseur. Vielleicht hat einer der Leute eine einschlägige Vorstrafe? Oder wir stolpern über eine bisher unbekannte Beziehung zu dem Opfer – was es auch sei, wir können im Moment jeden Anhaltspunkt gebrauchen."

„Das hört sich doch nicht schlecht an", meinte Schmiedeberg. „Soll ich mir die Verbrecherkartei vornehmen?"

„Ja, tun Sie das. Kaiser, geben Sie dem Kollegen Schmiedeberg am besten Ihre Liste mit allen Namen, die Sie gestern gewohnt gründlich notiert haben. Wenn irgendeiner dieser Namen auftaucht, sehen wir weiter."

Erwin Kaiser war schon dabei, sein Notizbuch an den Wachtmeister zu überreichen.

„Hier, auf diesen zwei Seiten stehen die Namen. Ich hoffe, Sie können meine Schrift lesen. – Und was soll ich tun, Herr Hinze?"

„Sie gehen von der anderen Seite heran. Nehmen Sie sich die Akten der verschiedenen Deliktabteilungen vor – Diebstahl, Gewaltverbrechen und so weiter – und stellen Sie fest, ob in der Großgarage Süd schon einmal etwas passiert ist. Da sie erst letztes Jahr eröffnet hat, müssen Sie ja nicht allzu weit zurückgehen."

„Geht klar, Herr Hinze. Was werden Sie machen?"

„Ich werde versuchen, das schweizerische Konsulat in Leipzig zu kontaktieren. Vielleicht können die uns Auskunft über den Schweizer Staatsbürger Karl Albert Bollinger geben. Abgesehen davon, müsste man die Schweizer Behörden ohnehin irgendwann informieren."

Dieser Versuch gestaltete sich komplizierter als gedacht. Es brauchte mehrere Anläufe, um eine Person an das Telefon zu bekommen, die sich zuständig fühlte, ich wurde weiterverbunden und gebeten auf Rückrufe zu warten; mehrere Male musste ich ein- und dieselben Umstände wieder und wieder schildern und erläutern. Am Ende, das heißt nach bestimmt drei Stunden zwischen Telefonapparat, Schreibtisch und Kaffeeküche, erhielt ich die Auskunft, dass in Bezug auf Bollinger keine besonderen oder aktenkundigen Informationen vorlagen. Wenigstens versprach das Konsulat, sich in der Schweiz nach Angehörigen oder Verwandten des Ermordeten umzutun, die sich gegebenenfalls um die Abholung beziehungsweise Abwicklung der Hinterlassenschaften Bollingers in Halle kümmern konnten.

Das war ein etwas mageres Ergebnis. Auch die Recherchen von Wachtmeister Schmiedeberg und Kriminalassistent Kaiser brachten uns nicht weiter. Niemand von den Personen auf unserer Liste besaß eine Vorstrafe, und die Großgarage schien die reinste Justizoase zu sein. Nicht einmal ein Taschendiebstahl war bisher aktenkundig geworden.

„Verdammt", sagte ich laut und vernehmlich. In diesem Augenblick klingelte das Telefon.

„Kriminalpolizei Halle, Oberkommissar Hinze? – Ja, das stimmt, Sie sind hier an der richtigen Stelle. – Moment, ich notiere … Leihhaus Schmidt in der kleinen Steinstraße, aha. Bei Ihnen hat also jemand eine schwarze Aktentasche verpfändet, ja? – Vor einer Viertelstunde? Das heißt, Sie haben gleich anschließend bei uns angerufen? – Nein, nein, das war völlig richtig. Besser, Sie haben die Tasche und können uns den Mann beschreiben, als dass Sie ihn durch eine Frage nach einem Identitätspapier verscheucht hätten. Wie hat er denn ausgesehen? – Ja … hmhm … hmhm … Moment, was haben Sie da gerade gesagt? Wiederholen Sie das noch einmal, bitte! – Was Sie nicht sagen. Damit haben Sie uns ungemein geholfen, glauben Sie mir! – Wie? Eine Belohnung? Bisher nicht, aber möglicherweise werden sich die Hinterbliebenen erkenntlich zeigen, wenn es sich bestätigt, dass Sie den entscheidenden Hinweis zur Ergreifung des Täters gegeben haben. – Ja, ganz bestimmt. Es wird sich jemand bei Ihnen melden. Bleiben

Sie bitte erreichbar. – Nein, vielen Dank. Auf Wiederhören!"

Erschöpft warf ich den Telefonhörer zurück auf den Apparat.

„Puh, ist der aber anstrengend", stöhnte ich. „Aber die Anstrengung dürfte sich gelohnt haben. – Neuer Auftrag für Sie, Schmiedeberg. Fahren Sie zum Leihhaus Schmidt und holen die Aktentasche ab, welche gerade jemand eingeliefert hat. Ich habe eben mit einem Kurt Schmidt, dem Inhaber gesprochen; die Beschreibung passt exakt auf die Tasche von Bollinger. Geben Sie Schmidt eine Quittung und lassen sich im Gegenzug noch einmal eine genaue Beschreibung des Mannes liefern, der sie abgegeben hat. Mit Unterschrift – wir werden die Aussage noch brauchen, wenn dem Kerl der Prozess gemacht wird."

„Ach, wissen wir jetzt, wer der Mann ist?", fragte Kaiser verblüfft.

„Oh, ich denke schon", antwortete ich geheimnisvoll und winkte dem Kriminalassistenten, mitzukommen. „Sie werden mich doch sicher begleiten wollen, wenn wir dem Herrn einen kleinen Hausbesuch abstatten?"

„Auf jeden Fall", sagte Kaiser und beeilte sich, hinter seinem Schreibtisch hervorzukommen. „Wen besuchen wir denn?"

„Also das war so, Kaiser. Der Pfandleiher sagte …"

Eine gute Viertelstunde später standen wir vor demselben Haus, welches wir knapp 24 Stunden zuvor schon einmal aufgesucht hatten. Durch das muffig riechende Treppenhaus ging es zunächst auf den Hof, dann durch eine kaputte Tür in das Hinterhaus und dort in den zweiten Stock.

„Mal schauen, ob er schon wieder da ist", meinte ich zu Kaiser und klopfte energisch an die Tür.

Beinahe wider Erwarten öffnete sich die Tür und ein wohlbekanntes, müdes Gesicht starrte uns entgegen.

„Warum haben Sie ihn umgebracht, Herr Kramer? Es gab doch bei Bollinger überhaupt nichts zu holen?", fragte ich.

Helmut Kramers Augen schienen plötzlich nicht mehr stumpf vor Müdigkeit, sondern brannten vor Schreck und Scham. Reflexartig griff er zur Tür, um sie zuzudrücken, ließ jedoch sogleich seine Hand wieder sinken und senkte den Blick. Dann drehte er sich zur Seite und winkte uns, zu folgen.

„Kommen Sie rein."

Krammer führte uns in eine kleine, aber aufgeräumte Wohnstube. Die wenigen Möbelstücke sahen ordentlich aus, waren aber von deutlichen Staubschichten bedeckt. Man merkte, dass die ordnende Hand einer Frau fehlte. Vor einem abgenutzten Korbstuhl blieb Kramer stehen.

„Darf ich mich hinsetzen?"

Ich nickte. Kramer zog eine Schachtel billiger Overstolz-Zigaretten aus der Tasche und steckte sich mit leicht zitternden Händen eine davon an. Er nahm mehrere Züge, dann begann er tonlos zu reden.

„Ich hab ihn nicht umgebracht. Der Fritz hat ihn abgestochen. Fritz ist der Mörder, aber ich hab ihn auf dem Gewissen."

„Wer ist Fritz?"

„Der Fritz ist mein Bruder. Jahrgang `91. War Berufssoldat, ist aber nach dem Kapp-Putsch von der Reichswehr rausgeschmissen worden. Schlägt sich seitdem mit allem möglichen durch. Schwarzmarkt, Schiebersachen, heiße Ware, was weiß ich. Eigentlich wollte ich nie was mit seinen ‚Geschäften' zu tun haben. Bis jetzt."

„Und warum haben Sie jetzt mitgemacht?"

Kramer nahm einen langen Zug aus seiner Zigarette, verharrte einen Moment und schnipste den halb gerauchten Rest achtlos in die Ecke.

„Der Fritz hat mich ein paarmal besucht, nachts in der Garage. Kam wohl von irgendwelchen Unternehmungen und hat mit mir eine geraucht. Als er die Autos in der Garage gesehen hat, sind ihm beinahe die Augen übergegangen. Mensch, Helmut, hat er gesagt, da könnte man doch richtig absahnen. Lass uns ein paar von den Wagen abzweigen. Das käme nicht infrage, hab ich gesagt. Erstens wollte ich mit seinen krummen Dingern sowieso nichts zu tun haben, zweitens würde ich niemals die Arbeit riskieren, ist ja alles, was ich habe. Aber dann ... dann hat mir der Fritz so lange in den Ohren gelegen, bis ich mich habe breitschlagen lassen. Der Horch hatte es ihm besonders angetan. Wer so ein Auto fährt, der hat auch massenhaft Geld. Also gut, hab ich gesagt. Aber nur außerhalb ‚meiner' Garage."

„Verstehe", meinte ich. „Sie haben also Bollinger überfallen?"

„Ja. Fritz ist gestern Nacht gleich mitgekommen, als ich zu meiner Schicht bin. Hat sich draußen auf die Lauer gelegt; das einzige, was ich tun musste, war, das Tor nicht aufzumachen, als dieser Bollinger mit seinem Horch vorgefahren ist. Fritz hatte darauf spekuliert, dass Bollinger aussteigen würde, um zu klingeln. Das hat er auch gemacht, und dabei hat ihn Fritz gepackt und an den Wagen gedrückt. Bollinger war so geschockt, der hat sich nicht einmal bewegt. Mit der anderen Hand hat Fritz die Tasche aus dem Wagen gegriffen. Und dann war da nichts drin! Verstehen Sie, es war nichts da drin als ein paar Pappschachteln mit Pülverchen und irgendwelche Papiere! Kein Geld, keine Wertsachen, nichts! Und dann … dann …"

Kramer stockte und begrub das Gesicht in seinen Händen. Wir warteten, bis er von selbst die Hände wieder löste und verzweifelt zu uns aufschaute.

„Was ist dann passiert? Reden Sie, Kramer, sonst machen Sie es nur schlimmer!"

„Er hat … hat ihn abgestochen, einfach so! Als da nichts war, hat der Fritz gedroht: Wo ist das Geld? Her mit dem Geld! Her damit! Doch Bollinger hat nichts gesagt, konnte nichts sagen, nur mit dem Kopf schütteln. Da hat Fritz ihn zu Boden gestoßen, sein Messer gezogen und auf ihn eingestochen. Einmal, zweimal, dreimal … voller Wut und Verzweiflung."

„Warum haben Sie nicht eingegriffen? Sie hätten wenigstens den Mord verhindern können!", fragte Kaiser fassungslos.

Kramer senkte erneut den Blick.

„Ich konnte nicht", flüsterte er. „Ich war nicht mit draußen, stand nur hinter dem Fenster und hab hinaus geschaut. Als der Fritz das Messer gezogen hat, da war ich so starr vor Entsetzen, ich konnte mich nicht rühren. Es ging einfach nicht ... deshalb sag ich ja, ich hab ihn auf dem Gewissen. Wenn ich nicht mitgemacht hätte, würde Bollinger noch leben. Es tut mir unendlich leid, aber das macht den Mann nicht wieder lebendig."

„Da haben Sie leider Recht. Mit dieser Schuld werden Sie leben müssen", konstatierte ich. „Noch eine Frage: Warum haben Sie die Tasche versetzt, anstelle sie in die Saale zu werfen?"

„Haben Sie mich deswegen drangekriegt?"

„Mehr oder weniger, ja. Sie haben zwar einen falschen Namen angegeben – ‚Max Müller' ist nicht sonderlich originell – aber der Pfandleiher hat sie ziemlich gut beschrieben; vor allem, dass Ihnen das linke Auge fehlt. So viele einäugige Verdächtige gab es in diesem Fall nicht."

Kramer zuckte mit den Schultern.

„Hätte ich mir denken können. Es war einfach eine spontane Idee ... Als der Fritz aus seinem Blutrausch erwacht ist, haben wir den Toten in den Kofferraum gestopft. Ich hab ihm das Tor aufgemacht und er hat den Wagen geparkt, während ich die Blutflecken auf dem

Pflaster weggewischt habe. Der Fritz ist dann abgehauen. Wie ich reingehen wollte, lag da die Tasche noch auf der Straße. Ich hab sie erstmal mitgenommen und wollte sie eigentlich auch loswerden. Aber dann hab ich überlegt, warum nicht wenigstens das Ding zu Geld machen. Vielleicht reicht es für ein paar Wochen Zigarettengeld."

„Was haben Sie dafür bekommen?"

Die Antwort Kramers war kaum zu hören, so leise sprach er mittlerweile.

„Acht Mark."

„Acht Mark … ein Mord wegen acht Mark", schüttelte ich den Kopf. „Kommen Sie, Kramer, gehen wir! Es wird Zeit, dass wir Ihren Bruder finden."

Obwohl es ihm sichtlich schwerfiel, seinen Bruder auszuliefern, blieb Helmut Kramer bei seinem Geständnis und nannte uns mehrere Adressen, wo man ihn vermutlich antreffen konnte. Fritz Kramer versuchte noch, sich der Verhaftung zu entziehen und griff dabei einen Schutzpolizisten mit seinem Messer an. Der Beamte wurde nur leicht verletzt, doch ein Schuss aus der Waffe seines Kollegen traf Kramer tödlich. Auf diese Weise sorgte eine andere Art von Gerechtigkeit dafür, dass der Mörder nicht ungestraft blieb. In einem Schwurgerichtsprozess wurde Helmut Kramer wegen Beihilfe zum Mord zu einer achtjährigen Zuchthausstrafe verurteilt. Nach sechs Jahren im Gefängnis erlag er einer Lungenentzündung.

Die Suche der Schweizer Behörden nach Angehörigen des unglücklichen Karl Albert Bollinger blieb erfolglos. Seine Habseligkeiten wurden daher versteigert, den Erlös spendete das Schweizer Konsulat an die Hallesche Blindenanstalt.

Der zerbrochene Krug

Verärgert warf Emma Schneider den Lappen auf die Spüle und schnaufte.

Wie konnte Küchenchef Berthold Jansen nur solche oberflächlichen, ja geradezu unmöglichen Plattitüden von sich geben und dieselben auch noch lustig finden! „Lasst uns einfach Seeteufel für den Seeteufel machen, hahaha!", hatte er gerufen, sich dabei lachend auf die Schenkel geschlagen und Beifall heischend in die Runde geblickt. Bestimmt die Hälfte des Küchenpersonals hatte nichts Besseres zu tun gehabt, als prompt in das Gelächter einzustimmen, ob sie den Kalauer nun lustig fanden oder nicht. Das war peinlich genug; noch peinlicher war allerdings, dass Jansen jetzt allen Ernstes verlangte, tatsächlich Seeteufel als Hauptgericht auf die Tageskarte zu setzen. Sie als Köchin durfte nun diese Schnapsidee ausbaden und den Fisch zubereiten: ausnehmen, filetieren, marinieren und dünsten, dazu Salzkartoffeln und Hamburger Soße vorbereiten. Großartig, ganz großartig – wo doch jeder wusste, dass die prominentesten Gäste die einfachsten und bodenständigsten Gerichte bevorzugten.

In ihrer mehr als zwanzigjährigen Laufbahn als gute und geschätzte Köchin hatte Emma Schneider unzählige prominente, illustre, kurzzeitig bekannte, längst vergessene, interessante und langweilige Gäste im *Krug zum Grünen Kranze* erlebt. Der wohl angesehenste Gast, an den sie sich erinnern konnte, war kurz vor Kriegsausbruch 1914 Prinz Heinrich von Preußen gewesen, der mit seiner Familie eine Saalefahrt von der deutschen Grenze bis zur Mündung in die Elbe unternommen hatte. Gut, seit dem

Krieg musste das Lokal bis nach dem Ende der Inflationszeit eine rechte Durststrecke überstehen. Doch seit einigen Jahren erfreute sich der *Krug* wieder der ungebrochenen Beliebtheit bei Professoren der Universität, Studenten, Dichtern und Denkern, Ausflugstouristen, Einheimischen und ihrer Familien. Dabei war all das nur ein kleiner Abschnitt in der mehr als hundertjährigen Tradition des Strandrestaurants am Saaleufer, gelegen auf der Kröllwitzer Seite gegenüber des Giebichensteines. Seit der Liederdichter Wilhelm Müller der Legende nach in eben jenem Lokal sein Lied „Im Krug zum Grünen Kranze, da kehrt ich durstig ein" geschrieben hatte, avancierte selbiges zu einer deutschlandweit bekannten Adresse. Kein Wunder, dass zahlreiche Ehrengäste, die die Stadt Halle oder ihre hervorragenden Bürger eingeladen hatten, von sich aus den Wunsch äußerten, einmal in dem berühmten *Kruge* zu speisen oder den Nachmittagskaffee zu genießen.

Bemerkenswerterweise konnte man bei nahezu allen berühmten und weniger berühmten Gästen im *Krug zum Grünen Kranze* feststellen, dass sie keine Speisen verlangten, die nach Pariser Couture oder mediterraner Art angerichtet waren und durch möglichst exotische Namen und Varianten glänzten. Ganz im Gegenteil, man bestellte am liebsten typisch Hallenser Spezialitäten, etwa Hallesche Schlackwurst mit Solei, Bierbraten oder Hallescher Salzbraten zum Mittag oder Abend, dazu frisch gezapftes, kühles Bier. Hallorenkuchen oder Makronentörtchen stellten die gefragtesten Gebäckvarianten für den Nachmittag dar. Daher war es für Emma Schneider überhaupt keine Frage, dass auch Felix Graf von Luckner, als „Seeteufel" und „Pirat des Kaisers" bekannt geworden und heutige Hauptattraktion eines Vortragsabends auf der großen Terrasse, die Hallesche Hausmannskost bevorzugen würde. Es war ja nun wirklich nicht schwer zu erahnen, wie viele Fischgerichte der Graf als Seemann in seinem Leben bereits verzehrt haben musste! Noch dazu würde man mit den Seefisch-Spezialitäten aus Bremen oder Hamburg ohnehin kaum konkurrieren können, während Luckner – dessen Großmutter und später auch dessen Eltern in Halle wohnten – die Hallenser Küche bereits kannte und schätzte, wie man sehr einfach aus der weit verbreiteten Volksausgabe seiner Biografie erfahren konnte. Anstatt also auf den billigen Trick mit dem Seeteufel zu verfallen, hätte die Küche des *Kruges* den heutigen Gästen lieber ein paar Hallesche Bierbratwursttaler auf Kartoffelbrei mit Rosinen und Äpfeln oder einen schönen Salzkrustenbraten mit Schwarzbiersoße, Bratkartoffeln und grünen Bohnen im Speckmantel servieren sollen.

Während die Köchin missgelaunt die Fische in mundgerechte Happen schnitt und wenig sorgsam in die Schüssel mit der Marinade warf, streiften ihre Blicke mit einer Mischung aus Neid und Wehmut die anderen Köche und Mitarbeiter. Mit Wehmut, weil die Mehrzahl der Kollegen wie sie selbst mit der Zubereitung von Dingen beschäftigt waren, die allesamt jenseits der guten, bürgerlichen, deftigen Hallenser Küche lagen und deshalb in ihren Augen weitgehend sinnlos waren. Mit Neid dagegen registrierte sie, wie Küchenchef Jansen und sein Unterküchenmeister Hans Ebert voller Begeisterung das kandierte Fruchtmousse (auch wieder so ein überflüssiger französischer Renommiertitel) vorbereiteten, welches als Dessert herhalten sollte. Geradezu abstoßend, mit welcher Freude, ja Lust die beiden darin aufzugehen schienen, die Beeren prüfend gegen das Licht zu halten, das Pflückobst in exakte Viertelchen zu schneiden und hier und da die eine oder andere Frucht genießerisch auf der Zunge zergehen zu lassen. Nein, dabei konnte sie unmöglich weiter zusehen, dazu war es dann doch zu unerträglich.

Entschlossen zwang sich Emma Schneider, ihr Augenmerk konsequent auf den vor ihr liegenden Fisch zu richten. Endlich hatte sie alle Filetstreifen auf die passende Größe zurecht geschnitten. Nun kam es darauf an, die Filets sorgsam in der Marinade zu wälzen, damit sie auch vollständig von der öligen, nach Kräutern duftenden Substanz umhüllt wurden, bevor sie später im Ofen landen würden. So, noch einmal wenden …

Ein scharfes, grelles und vor allem lautes Poltern und Klirren ließ sie herumfahren. Der Anblick vor ihren Augen veranlasste sie unwillkürlich, vor lauter Erschrecken die Hand vor den Mund zu schlagen. Du meine Güte, was passierte da bloß?!

Berthold Jansen stand mit dem Rücken zu seiner Arbeitsplatte, an welcher er bis eben noch gestanden hatte, wiewohl man sehen konnte, dass er sich soeben davon weggedreht haben musste. Der sonst so souveräne und selbstbewusste Küchenchef verharrte, als sei er in seiner Bewegung zu Stein erstarrt. Die Augen und sein Mund waren weit, ja geradezu enorm weit aufgerissen. Sein ausgestreckter Arm endete in einer halb geöffneten Hand. Aus der Hand war ihm eine große Schale mit Früchten zu Boden gefallen, die dort natürlich zerschellt war und ihren Inhalt über den gesamten Küchenboden verstreut hatte; Saftflecken bedeckten neben dem Boden auch Wände, Tische und Küchengeräte.

Unterküchenmeister Ebert fing sich als erster und lief eilig herzu.

„Um Himmelswillen, Herr Jansen, was ist denn mit Ihnen los?"

Jansen antwortete nicht, jedenfalls nicht direkt. Sein Mund bewegte sich leicht, es war jedoch kein Laut zu hören. Erst nach und nach bahnte sich ein kaum hörbares Röcheln den Weg, dann verdrehte Jansen plötzlich die Augen und stürzte ohne Vorwarnung und ohne weitere Anstalten, sich festzuhalten, krachend zu Boden. Hans Ebert kniete sich sogleich neben seinen Chef, ohne auf die Scherben und den Unrat auf dem Boden zu achten. Er streckte vorsichtig seine Hand aus und berührte den Gestürzten am Gesicht. Entsetzt schaute er zu Emma Schneider und dem restlichen Küchenpersonal auf.

„Schnell, einen Arzt! Wir brauchen sofort einen Arzt!"

Zur selben Zeit, als sich in der Küche des *Krugs zum Grünen Kranze* dieser dramatische Vorgang abspielte, befand ich mich keine zwanzig Meter davon entfernt. Zusammen mit meiner Verlobten saß ich nichtsahnend auf der Seeterrasse, wo wir mit einem Glas Weißem Gutedel auf unsere baldige Hochzeit anstießen.

„Auf uns, Alfred!" – „Auf uns, Karola!"

Mit einem sanften Klingen berührten sich die Gläser. Kondensierte Wassertropfen rannen an den Oberflächen nach unten, während der leicht gekühlte Weißwein unsere Zungen benetzte.

„Und du hast wirklich nichts dagegen, dass wir hier in Halle heiraten?", fragte ich, nachdem ich mein Glas wieder auf dem Tisch abgestellt hatte.

„Natürlich nicht, Alfred!", antwortete sie ohne jedes Zögern. „Ich möchte einfach nicht mehr bis zum Januar warten, bis du wieder in Berlin bist. Die zweieinhalb Monate ohne dich waren schon lange genug. Abgesehen davon ist der Oktober viel schöner zum Heiraten als der Januar, findest du nicht auch?"

„Du hast ganz recht, mir geht es ja genauso", lächelte ich und drückte sanft ihre Hand.

Meine etwas überraschende Versetzung von Berlin nach Halle war für uns in der Tat zu einem eigentlich ungünstigen Zeitpunkt gekommen. Als frisch Verlobte wollten wir einerseits am liebsten so viel Zeit wie möglich zusammen verbringen, andererseits hatte mir Kriminalrat Gennat den Wechsel zur Mordinspektion gerade jetzt angeboten – vorausgesetzt, ich verbrachte ein halbes Jahr andernorts. Da Karola als Geschäftsführerin einer Papierfabrik in der Nähe von Berlin natürlich keine sechs Monate Urlaub nehmen konnte, blieb mir nur, einen Ort zu wählen, der nicht allzu weit von Berlin entfernt lag. Glücklicherweise enthielt die Liste von Städten, die mir Gennat vorlegte, neben Münster, Koblenz, Breslau und Königsberg auch den Namen Halle an der Saale. Neben dem Charme, meine Heimatstadt zu sein, dauerte eine Zugfahrt von Berlin nach Halle weniger als zwei Stunden, so dass wir uns wenigstens die meisten Wochenenden wechselseitig besuchen konnten. Doch auch diese wenigen Stunden eingeschränkter Zweisamkeit vermochte nicht recht, uns glücklich zu machen. So hatten wir beschlossen, so bald als möglich als Herr und Frau Hinze die Möglichkeit zu haben, auch unter den Augen wachsamer Nachbarn eine ehrbare Nutzung der jeweiligen Wohnungen offiziell einzuläuten und daher die für Anfang nächsten Jahres geplante Hochzeit kurzerhand vorzuverlegen.

„Vielleicht haben wir sogar Glück und erleben einen echten goldenen Oktober. Hier auf dieser Terrasse, direkt an der Saale, angestrahlt von der goldenen Herbstsonne – wie fändest du das?"

„Nun, es klingt auf jeden Fall sehr romantisch. Obwohl ich nicht ganz sicher bin, ob man hier im *Krug* nicht ein wenig zu sehr auf dem Präsentierteller sitzen würde. Dann bekommt ja ganz Halle mit, dass wir geheiratet haben", meinte ich augenzwinkernd.

„Ach? Was wäre denn daran so schlimm?", zwinkerte Karola zurück. „Hier gibt sich doch jeder ein Stelldichein. Auch dein Graf Luckner ist sich schließlich nicht zu schade, sich heute Abend der gesamten Hallenser Öffentlichkeit zu präsentieren."

An der Stelle konnte ich ein lautes Kichern kaum unterdrücken.

„Ja, aber der Graf Luckner ist überaus prominent, bekannt und faszinierend populär. Das werde ich nicht einmal sein, wenn ich in Gennats weltweit hochgeachteten Mordinspektion noch so viele Fälle lösen würde."

Karola warf mir einen Handkuss zu.

„Ach was, du musst dich nur ein wenig anstrengen. Der Herr Graf kann dir ja ein Stückchen von deiner Popularität abgeben."

„Na ja – dann müsste ich sicher auch einen Teil seiner Welt- und Vortragsreisen übernehmen. Dazu fehlt mir aber doch ein bisschen das Zeug", sagte ich und leerte das Weinglas. „Wusstest du übrigens, dass ich hier an diesem Ort für den Grafen Luckner meinen ersten Kriminalfall gelöst habe? Mit gerade einmal 18 Jahren?"

„Das ist jetzt nicht dein Ernst, oder?", fragte Karola skeptisch.

„Doch, ist es. Wirklich! Habe ich dir das tatsächlich noch nie erzählt?"

„Nein, ganz bestimmt nicht", bekräftigte sie. „Ich kann mir auch immer noch nicht so ganz vorstellen, wie du das gemacht haben willst."

„Nun, das ist einfacher, als es klingen mag. Der Graf war anno 1912 natürlich noch nirgendwo bekannt oder berühmt. Er hatte damals gerade sein erstes Kapitänspatent erhalten und zur Feier des Tages seine Großmutter, ein paar Freunde und Bekannte zu einem Umtrunk hier in den *Krug* eingeladen. Weil diese Großmutter und meine Eltern in benachbarten Häusern gewohnt haben, waren wir kurzerhand ebenfalls eingeladen."

„Aha, dann kanntest du den Grafen vorher schon, beziehungsweise er dich?"

„Ja, zumindest vom Sehen her, er hat seine Großmutter ab und an besucht. Jedenfalls kam es bei der Gelegenheit irgendwann dazu, dass Graf Luckner angefangen hat, ein paar Erlebnisse aus seiner sehr bewegten Jugend zu erzählen – er war immerhin schon mit dreizehn Jahren von zuhause ausgerissen und hatte als Schiffsjunge angeheuert. Da ist einiges zusammengekommen. Aus einer der Geschichten hat er ein rechtes Geheimnis gemacht und uns raten lassen, wie er das wohl zustande gebracht hat."

„Das war dann also der große ‚Kriminalfall', den du gelöst hast?"

„Genauso ist es", nickte ich. „Es ging darum, dass ..."

Weiter kam ich nicht. Mitten in meinem Satz flog unvermittelt die Tür zwischen Küche und Terrasse weit auf und schlug laut vernehmlich gegen die Wand. Eine Frau in der weißen Kleidung einer Köchin rannte aufgeregt heraus.

„Einen Arzt! Wir brauchen einen Arzt! Ist hier ein Arzt anwesend?", rief sie unter heftigem Atmen.

Zunächst bewegte sich niemand, so erschrocken schauten die Gäste drein. Nach wenigen Augenblicken jedoch erhob sich am Nachbartisch eine mir wohlbekannte, sehr rundliche Gestalt – niemand anders als Kinderarzt Doktor Siegfried Krause, mit dem ich bei einem zurückliegenden Fall bereits einmal zu tun hatte. Bei unserer Ankunft im Lokal hatte Krause bereits dort gesessen. Er hatte mich ebenso wie ich ihn wiedererkannt, und wir hatten uns kurz begrüßt.

„Ich bin Arzt. Das heißt, Kinderarzt, wenn das hilft", erklärte Krause. „Was ist denn passiert?"

„Kommen Sie, schnell!", sagte die Köchin und zog den Doktor kurzentschlossen am Arm hinter sich her. „Einer unserer Kollegen in der Küche, er ist zusammen-gebrochen, Sie müssen nach ihm schauen, bitte!"

Nicht nur der hilfsbereite Kinderarzt entschwand mit der resoluten Dame in die Küche. Auch ich erhob mich von meinem Platz und schickte mich an, ihnen zu folgen.

„Wo willst du hin, Alfred?", wollte Karola wissen.

„Ich werde mitgehen. Vielleicht kann ich helfen."

„Wenn du meinst … aber sei vorsichtig, du bist schließlich kein Arzt."

„Keine Sorge, ich überlasse Doktor Krause das Behandeln. Aber in Notfällen zählt jede helfende Hand."

Damit eilte ich ebenfalls in die Küche. Dort bot sich mir auf den ersten Blick ein Bild vollkommenen Durch-einanders. Die halbe Küche schien mit schwarz-roter Farbe bedeckt, der Boden triefte von einer klebrigen, halb flüssigen Masse in derselben Farbe. Dazwischen verbargen sich große und kleine Splitter aus Keramik, die bei jedem Schritt knackten und sich durch die Schuhsohlen zu bohren schienen. Inmitten dieses Schlachtfelds lag kerzengerade, mit unnatürlich von sich gestreckten Gliedmaßen, der Körper eines großge-wachsenen Mannes, dessen ehemals weiße Kleidung über und über mit der bunten und klebrigen Masse bedeckt war. Neben ihm kniete Doktor Krause, welcher soeben mit seinen Fingern den Hals des Mannes abtastete und angestrengt dessen Gesicht studierte.

Bange Sekunden verstrichen, während derer keiner der Anwesenden, mich eingeschlossen, laut zu atmen wagte. Schließlich ließ Krause seine Hände ruhen und richtete langsam seinen Oberkörper auf, ohne allerdings seine kniende Haltung aufzugeben.

„Was ist mit ihm, Doktor?", brach ich die angespannte Stille.

„Er ist tot. Das ist mit ihm", meinte Krause tonlos. „Da war nichts mehr zu machen, es tut mir leid."

Bei Krauses Worten ließ die Mehrzahl der um uns versammelten Köche, Küchenhilfen und Kellner ein merkliches Seufzen oder Stöhnen von sich hören. Einige starrten voller Entsetzen auf den Leichnam und ein, zwei Frauen schlossen gar die Augen.

„Es ist ja nicht Ihre Schuld", sagte ich zu Krause. „Was denken Sie, weswegen er gestorben ist? Ein Herzinfarkt vielleicht?"

Krause tippte sich an die Nase und wiegte den Kopf leicht hin und her.

„Hm, ein Herzinfarkt ist natürlich denkbar. Obwohl … obwohl …"

„Obwohl was?"

„Irgendetwas passt da nicht. Es fehlen einige meist typische Anzeichen für einen Herzinfarkt. Aber warten Sie … eventuell können uns seine Kollegen da ein wenig weiterhelfen. Wissen Sie", wandte er sich an das umstehende Personal, „ob der Herr – wie heißt er eigentlich? – sich heute krank oder unwohl gefühlt hat? Über Beschwerden geklagt? Oder hat er früher schon einmal Herzprobleme gehabt?"

Die Bediensteten in der Küche schauten sich gegenseitig an oder blickten abwechselnd zu Doktor Krause und wieder zu ihrem jeweiligen Nachbarn. Man sah einige den Kopf schütteln und mit den Schultern zucken, doch niemand sagte etwas. Endlich fasste sich eine kräftig aussehende Köchin mittleren Alters (ihr Name war Emma Schneider, wie ich später feststellte) ein Herz und trat einen halben Schritt vor.

„N-nein, hat er nicht", erklärte sie, zunächst noch etwas stockend. „Es – es schien alles ganz in Ordnung zu sein. Herr Jansen war so wie immer und hat nichts dergleichen erwähnt."

„Jansen ist sein Name?", hakte ich nach.

„Berthold Jansen, ja. Herr Jansen ist – war der Küchenchef hier im *Krug*. Es ist einfach unfassbar, dass er jetzt tot sein soll."

Aus dem linken Augenwinkel nahm ich eine Bewegung wahr und drehte mich deshalb zur Seite. Eine der Küchenhilfen war dabei, sich zu bücken und hatte anscheinend vor, die herumliegenden Scherben aufzusammeln.

„Halt!", gebot ich ihr energisch. „Lassen Sie das bitte liegen! Und auch für die anderen gilt: Fassen Sie nichts an, alles muss vorerst so bleiben wie es ist."

Die Frau zuckte zurück und ließ den Scherben unberührt, doch einer der Köche gab sich ob meines Eingreifens äußerst ungehalten.

„Entschuldigen Sie, aber wie kommen Sie dazu, uns hier einfach so Befehle zu geben? Dazu haben Sie keinerlei Befugnis", warf er grantig ein.

„Ich fürchte, die habe ich doch", sagte ich und zog meine Dienstmarke aus der Tasche. „Oberkommissar Hinze, Kriminalpolizei. Und Sie sind wer?"

„Ich, ähem, ich heiße Hans Ebert. Ich bin der Unterküchenmeister", antwortete selbiger verdutzt. „Wie-, ähem, wieso sind Sie denn hier?"

„Das ist eher ein Zufall. Aber ich denke, ich bin zur rechten Zeit am rechten Ort. Solange wir nicht genau wissen, wie oder warum Herr Jansen gestorben ist, muss ich Sie bitten, diesen Raum nicht zu verlassen und die Dinge so zu lassen, wie sie sind. Wir werden alles genau untersuchen müssen".

In den Gesichtern des Küchen- und Bedienpersonals sah ich Erstaunen, aufgepustete Backen und ein paar rollende Augen. Ebert öffnete seinen Mund für eine Entgegnung, schloss ihn jedoch wieder und beschränkte sich auf eine resignierende Geste.

Dann wandte ich mich wieder dem Arzt zu. „Doktor Krause?"

Der Arzt nickte mir dankend zu und wiederholte seine Frage nach dem Befinden von Berthold Jansen. Was genau sei passiert, als Jansen zusammengebrochen war? Die Augenzeugen berichteten daraufhin, dass der

Küchenchef praktisch mitten in der Bewegung erstarrt sei, den Tonkrug mit Inhalt habe fallen lassen, nichts mehr habe sagen können und umgekippt wäre, ohne sich im Geringsten abstützen oder halten zu können.

„Aha, das fügt sich ins Bild ein", meinte Krause vielsagend. „Ich habe mir nämlich inzwischen den Verstorbenen noch einmal genauer angesehen. Es sieht ganz so aus, als sei es zu einer plötzlichen Lähmung des Atem- und Nervensystems gekommen."

„Wie kommen Sie darauf? Und wodurch könnte das hervorgerufen worden sein? Etwa durch ein Gift?"

„Ja, das denke ich. Schauen Sie einmal hier", sagte der Doktor und zeigte auf die weit aufgerissenen Augen Jansens. „Fällt Ihnen die stark vergrößerte Pupille auf?"

„Ja, schon", bestätigte ich. „Aber würde nicht auch der Schreck und Schmerz eines Herzschlags die vergrößerten Augen erklären?"

Energisch schüttelte der Doktor den Kopf.

„Nicht so massiv und auch nicht auf Dauer. Die Pupille ist ja jetzt noch extrem vergrößert. Nein, das dürfte die Wirkung eines Alkaloids sein. Atropin, wenn Sie mich fragen."

„Sie kennen sich erstaunlich gut mit Giften aus, Doktor. Sehr ungewöhnlich, finde ich."

„Überhaupt nicht. Atropin gehört zum kleinen Handwerkszeug fast jeden Arztes, beispielsweise bei Augenuntersuchungen. Ich selbst verwende Atropin-Tropfen in regelmäßigen Abständen bei Kindern, die unter fortschreitender Kurzsichtigkeit leiden. In exakt dosierten, kleinsten Mengen, versteht sich."

Nachdenklich schaute ich zwischen dem Toten und dem Arzt hin und her.

„Hm. Ich möchte zwar Doktor Schlosser – unserem Gerichtsmediziner – nicht vorgreifen, aber nehmen wir einmal an, dass Berthold Jansen tatsächlich mit Atropin vergiftet worden wäre. Woher würde man dieses Gift bekommen können?"

Ächzend versuchte Doktor Krause, sich aus seiner Knielage aufzurichten.

„Helfen Sie mir erst einmal auf, bitte? – Danke sehr! Meine Knie sind nicht mehr die jüngsten. Und nun habe ich auch meine gute Hose ruiniert, da wird sich meine Frau aber freuen. – Tja, ausgerechnet Atropin lässt sich leider sehr leicht beschaffen. Die besten Quellen sind Stechapfel und Tollkirsche, und ich brauche Ihnen sicher nicht zu sagen, wo diese Pflanzen wachsen."

„Sozusagen fast überall …"

„Exakt, mein lieber Herr Oberkommissar."

Zunächst einmal bedankte ich mich bei Doktor Krause für seine Untersuchung, die Überraschendes zu Tage gefördert hatte. Wieder war aus einem Unfallort ein Tatort geworden, ein ungeklärter Todesfall zu einem – wahrscheinlichen – Giftmord geworden. Wiewohl ein Selbstmord theoretisch infrage käme, schien es mir doch äußerst unwahrscheinlich, dass sich jemand auf diese Weise vor aller Augen und mitten bei der Arbeit das Leben nehmen würde. Doch wer könnte ein Motiv für den

Mord an Berthold Jansen haben? Einer seiner Kollegen möglicherweise?

„Sie ist es gewesen", behauptete Hans Ebert rundheraus und warf böse Blicke in Richtung der Köchin Emma Schneider. „Sie hat ihn gehasst und sich erst heute Morgen heftig mit ihm gestritten."

„Das ist nicht wahr!", rief Emma Schneider erschrocken aus. „Ich meine – ja, ich habe mit ihm gestritten. Aber ich habe ihn doch nicht umgebracht! So etwas könnte ich niemals tun, glauben Sie mir!"

Auf weitere Nachfragen hin erklärte uns die Köchin, weswegen sie sich mit dem Küchenchef uneins gewesen sei. Der Disput habe sich nur um die heutige Menüauswahl gedreht, ansonsten hätte sie weder etwas gegen ihren Chef noch er gegen sie gehabt. Jansen habe sie, wie alle anderen vom Küchenpersonal, stets recht fair behandelt.

„Ich habe wirklich keinen Grund gehabt, ihm irgendetwas anzutun", versicherte sie. „Und ich wüsste auch gar nicht, wie ich ihm dieses – dieses Gift gegeben haben sollte."

„Vielleicht können wir ja etwas eingrenzen, wie das passiert sein könnte", überlegte ich laut. „Doktor Krause, wie lange vor dem plötzlichen Einsetzen der Lähmung müsste ihm das Gift verabreicht worden sein?"

„Die Wirkung setzt relativ schnell ein ... eine Viertelstunde etwa? Je nach Menge des Giftes natürlich."

„Wieviel wäre denn nötig gewesen?"

„Das kommt auf die Trägerpflanze an. Bei Tollkirschen hätten zehn, zwölf Beeren für eine tödliche Dosis schon ausgereicht; beim Stechapfel eine Handvoll Blätter."

„Wenn das so ist, dann muss es doch eigentlich passiert sein, während er hier in der Küche zugange gewesen ist. Jeder von Ihnen kostet doch während der Zubereitung des Essens mehrmals davon, ist es nicht so?"

Die Köchinnen und Köche nickten. Zuerst etwas zurückhaltend, dann jedoch einmütig. Das sei selbstverständlich, jeder müsse sein Gericht gut abschmecken.

Soweit, so gut. Womit war Berthold Jansen heute beschäftigt gewesen?

„Er hat ein Früchtedessert zubereitet. Hauptsächlich aus Beerenobst", meinte eine der Köchinnen. „Das – na ja, das war in dem Krug, den er fallengelassen hat."

„Sie meinen, das möglicherweise vergiftete Dessert ist jetzt überall in der Küche verstreut?", fragte ich, innerlich leicht entsetzt, und deutete auf die klebrigen rotschwarzen Reste, die einen Großteil der sichtbaren Oberflächen bedeckten.

„Wer ist am nächsten an Berthold Jansen dran gewesen, während er an diesem Dessert gearbeitet hat?", setzte ich die Befragung fort.

Niemand sagte etwas.

„Nun? Sie müssen das doch mitbekommen haben?!", insistierte ich.

Zögerlich öffnete Emma Schneider ihren Mund.

„Eigentlich – also – ich denke, das war Herr Ebert. Er hat das Fruchtdessert zusammen mit Herrn Jansen zubereitet ...“

„Interessant. Das haben Sie uns gar nicht verraten“, meinte ich und blickte den Unterküchenmeister misstrauisch an. „Was sagen Sie dazu, Herr Ebert?“

Eberts bislang so trotziger Blick war völlig verschwunden. Stattdessen lag ein Zug blanker Panik auf seinem blass gewordenen Gesicht, und seine Augen flackerten mit nicht zu verbergender Angst. Sekunde um Sekunde kreuzten sich unsere Blicke, bis seine Augen langsam, ja beinahe unmerklich in Richtung der Ausgangstür wanderten. Schon hob er seinen Fuß, als wolle er die Flucht ergreifen, als ich ihn mit scharfer Stimme stoppte.

„Versuchen Sie es gar nicht erst, Ebert! Was denken Sie, wie weit Sie kommen würden?“

Der ertappte Übeltäter setzte den Fuß ab und schloss resignierend die Augen. Auf meine Bitte hin hielt ihn Doktor Krause an den Armen fest, während ich die Taschen seiner Schürze und seiner Kochmontur durchsuchte. Und tatsächlich fanden sich in seiner Jackentasche noch zwei der schwarzen, lackartig glänzenden, tödlichen Beeren. Mit meiner ausgestreckten Hand hielt ich ihm die Tollkirschen unter die Nase.

„Verdammt, so dicht davor“, stieß Ebert in einer Mischung aus ohnmächtiger Wut und willenloser Verzweiflung hervor. Danach sagte er nichts mehr.

Wie sich später herausstellte, hatte Berthold Jansen einige Monate zuvor den *Krug zum Grünen Kranze* eigentlich verlassen wollen, um am Hotel *Kaiserhof* eine neue Stellung anzutreten. Dadurch wäre Hans Ebert zum neuen Küchenchef im *Krug* aufgestiegen. Doch Jansen hatte seine Pläne in letzter Minute rückgängig gemacht, womit sich auch die Aussichten für Ebert zerschlugen. Aus Neid und Rache kam der gedemütigte Unterküchenmeister, welcher seine vermeintliche Beförderung schon weithin verkündet hatte, deshalb auf den Gedanken, den Konkurrenten zu vergiften. Beinahe wäre sein Plan aufgegangen, denn es hätte nur weniger Minuten bedurft, um die letzten Beweise seiner Tat verschwinden zu lassen. Doch wie Doktor Krause – wohl zutreffend – vermutete, hatte Ebert der Umstand einen Strich durch die Rechnung gemacht, dass nicht nur ein Arzt, sondern auch ein Polizist unter den gerade anwesenden Gästen gewesen waren. Dadurch war es ihm nicht möglich gewesen, die Küche unbemerkt zu verlassen.

Nachdem die angeforderte Verstärkung eingetroffen war, konnten wir endlich dafür sorgen, die abschließende Bearbeitung von Tatort und Fall in die Wege zu leiten. Doktor Adalbert Schlosser widmete sich dem Leichnam des ermordeten Küchenchefs und würde die Todesursache nochmals verifizieren, obwohl das Ergebnis wahrscheinlich mit Krauses Diagnose übereinstimmen würde. Einer unserer Kriminaltechniker stellte die Reste des Giftcocktails sicher, die später als Beweismittel vor Gericht dienen würden. Kriminalassistent Erwin Kaiser nahm den überführten Täter in Gewahrsam und übernahm dessen Transport in die Untersuchungshaft. Da der Täter feststand, war die Protokollierung der Aussagen aller Beteiligten und Zeugen nicht zeitkritisch, weshalb wir mit der Belegschaft des *Kruges* vereinbarten, dass am nächsten Vormittag zwei Beamte vorbeikommen und sämtliche Aussagen aufnehmen würden.

Ungeachtet dieser pragmatischen Lösung dauerte es letztlich doch annähernd eine Stunde, bis alles geregelt, besprochen und in die Wege geleitet werden konnte. Erschöpft verließ ich an der Seite von Doktor Siegfried Krause die Küche in Richtung Terrasse. Mittlerweile trieb mich eine gehörige Unruhe um, denn was mochte wohl Karola in der Zwischenzeit gedacht und getan haben? Meine Abwesenheit musste ihr wie eine Ewigkeit vorgekommen sein. Hoffentlich würde sie nicht allzu böse auf mich sein, hatte sie mich ja sozusagen davor gewarnt, mich einzumischen.

Doch es war nicht Karola, die mich als erste Person auf der Flussterrasse des *Krugs zum Grünen Kranze* empfing. Ein großgewachsener, breitschultriger Mann mit Marineblazer und Kapitänsmütze baute sich vor mir auf und stemmte entschlossen die Fäuste in seine Hüften.

„Kann ich jetzt bitte einmal erfahren, was hier los ist?", fragte er laut, aber nicht unfreundlich. „Endlich bin ich wieder in meinem lieben Halle, und dann ist hier solch ein großes Durcheinander! Da kommt man sich ja vor wie bestellt und nicht abgeholt, mein Junge!"

Bedauernd zuckte ich mit den Schultern.

„Es tut mir sehr leid, Phylax, aber ich fürchte, es wird heute Abend nichts mit Ihrem Vortrag!"

„Phylax? Wieso denn Phylax? Das ist doch gar nicht Ihr Name – oder ich müsste mich schon sehr irren", meinte Karola sichtlich verwundert.

Korvettenkapitän a.D. Felix Graf von Luckner zog seine Tabakspfeife aus dem Mund und grinste bis über beide Ohren.

„Tja, junge Frau, Sie haben natürlich Recht. Und doch haben Sie gleichzeitig auch Unrecht. Phylax Lüdecke war der Name, unter dem ich achtzehnvierundneunzig in Hamburg meine erste Seereise angetreten habe, nachdem ich von zuhause ausgebüxt bin. Ich konnte ja schlecht als Graf Luckner antreten, da hätte man mich im Nu wieder zurückgeholt. Aber einen Waisenjungen mit so 'nem komischen Namen, den hat niemand vermisst oder gesucht. So wurde Phylax für zehn Jahre mein ‚richtiger' Name. Erst, als ich danach mein Leutnantspatent erhalten sollte, musste ich wieder meinen alten Namen annehmen. Deshalb gehört auch Phylax zu mir, und meine Frau und auch meine Freunde dürfen mich gerne so nennen!"

„Das sind ja schöne Geschichten", schüttelte Karola den Kopf, wobei sie verschmitzt lächelte. „Und du wusstest davon Alfred? Da muss ich ja höllisch aufpassen, wenn ich sehe, in was für schlechte Gesellschaft du hier geraten bist."

An dieser Stelle mussten wir alle lachen. Am lautesten lachte Graf Luckner selbst, aber auch seine Frau Ingeborg und ich stimmten gerne in die Heiterkeit ein, welche Karolas Bemerkung hervorgerufen hatte.

Zu diesem Zeitpunkt saßen wir zu viert in der Bootsschenke *Marie-Hedwig*, die als stationäres Schiffslokal am Saaleufer vertäut lag, knapp einen Kilometer flussaufwärts vom *Krug zum Grünen Kranze* entfernt. Nach dem Todesfall in der Küche des *Kruges* hatte selbige selbstverständlich ihren Betrieb einstellen und der Vortragsabend mit Felix Graf von Luckner abgesagt werden müssen, sämtliche Gäste wurden nach Hause geschickt. Ich hatte dem Grafen kurz die Lage erläutert, worauf dieser mit großem Verständnis reagierte, aber auch sogleich vorschlug, ob wir beide denn nicht gewillt wären, mit ihm und seiner Frau zusammen an einem anderen Ort bei einem Glase Wein den Abend ausklingen zu lassen und ein wenig auf andere Gedanken zu kommen. Karola und ich hatten gerne zugesagt, und so waren wir auf die *Marie-Hedwig* verfallen. Der kleine Spaziergang an der Saale hatte uns überdies allen gut getan.

„Ob ich mich zu des Grafen Freunden zählen darf, weiß ich zwar nicht", räumte ich ein. „Das Recht, ihn ‚Phylax' zu nennen, ist jedenfalls ein Teil meiner Belohnung als jugendlicher Detektiv für das gelöste Rätsel gewesen."

„Du meinst diesen sogenannten ‚Kriminalfall', von welchem du mir vorhin erzählen wolltest? Diesen Bericht bist du mir immer noch schuldig, fällt mir gerade auf."

„Stimmt, Karola. Das werde ich wohl gleich einmal nachholen müssen … Oder möchten Sie lieber die Geschichte erzählen, Phylax?"

Graf Luckner beeilte sich, seine unvermeidliche Pfeife schnell wieder zwischen die Zähne zu stecken und mit einem Zündholz anzustecken.

„Nein, nein", stieß er zwischen einigen kräftigen Zügen an der Pfeife hervor, „tu' du das mal, Junge. Ich bin froh, wenn ich einmal nicht den großen Erzähler geben muss, mache ich doch seit Jahren nichts anderes."

„Also schön", räusperte ich mich vernehmlich. „Anfang der 1890er Jahre wurde im damaligen Stadtgefängnis von Halle der Mörder Wetzenstein hingerichtet. Dieser hatte jahrelang die Gegend unsicher gemacht, mindestens neun Morde wurden ihm letztlich zur Last gelegt. Die anstehende Hinrichtung des Mörders war Tagesgespräch in der Stadt gewesen, und der junge Graf Luckner prahlte vor seinem Kameraden damit, zum Augenzeugen dieses Ereignisses geworden zu sein. Doch wie war ihm das gelungen? Als Junge von elf oder zwölf Jahren hatte er selbstverständlich keinen Zutritt zum Gefängnis erhalten, und Filmaufnahmen gab es natürlich auch keine. Wie also hatte er die Urteilsvollstreckung beobachten können? Das war das große Rätsel, dass Phylax in den Raum stellte – und ich wettete mit ihm, dass ich es lösen könne."

„Eine Hinrichtung? Das klingt aber reichlich gruselig", sagte Karola stirnrunzelnd.

Ingeborg von Luckner nickte verständnisvoll und legte Karola beruhigend die Hand auf den Arm.

„Das habe ich auch zuerst gedacht und meinen Mann gefragt, ob ihm nicht ganz schlecht geworden sei, so furchtbar, wie das gewesen sein müsse. Aber er meinte dann, es wäre viel zu schnell gegangen, so dass ihm der entscheidende Moment gar nicht so bewusst geworden sei. Das hat mich immerhin etwas beruhigt – auch, wenn es trotzdem ein makabres Ereignis bleibt."

„Na gut", meinte Karola. „Und wie hast du das Rätsel nun gelöst?"

„Ich hatte mich erinnert, dass der Graf gesagt hatte, er habe das Ganze zusammen mit seinem guten Freund Robert angeschaut. Vielleicht würde mir ja dieser Robert verraten, wie sie es gemacht hatten? Wahrscheinlich war er ein Klassenkamerad gewesen, also begab ich mich in die Schule, welche Phylax besucht hatte und ließ mir das entsprechende Jahrgangsbuch zeigen; unter einem Vorwand, versteht sich. Nun verzeichneten diese alten Jahrgangsbücher nicht nur die Schüler aller damaligen Klassen, sondern auch die Namen aller Eltern der Jungen. Ein Robert war leicht zu finden, Robert Allendörfer. Dabei fiel mir auf, dass als Beruf des Vaters ‚Weinhändler' eingetragen war. Das konnte dann nur die bekannte Weinhandlung Allendörfer sein, und diese Firma lag doch genau gegenüber vom Gefängnis! Nachtigall, ich hör' dir trapsen, dachte ich bei mir, und lief dorthin. Tatsächlich bildete die Rückwand des Haupthauses der Weinhandlung sogar den seitlichen Abschluss des Gefängnishofes. Zwar gab es keine Fenster auf den Hauptetagen, aber vom Dachboden aus musste man einen prächtigen Blick auf den Hof haben. Da vor der Weinhandlung ein Arbeiter gerade damit beschäftigt war, ein paar Fässer zu reparieren, schlenderte ich ganz unbedarft an jenen Arbeiter heran und fragte furchtbar aufgeregt und neugierig, ob man denn von da oben tatsächlich die Verbrecher von gegenüber sehen könne. Oh ja, meinte der Arbeiter, das hätten sie schon oft getan. In die Giebelwand des Weinhauses hätten sie ein paar große Löcher gebohrt, und könnten so recht gut in den Gefängnishof schauen. Natürlich sei das nichts für schwache Nerven, aber wenn ich einmal Lust auf eine Schauergeschichte hätte, solle ich mich ruhig melden, sagte er und fand das unglaublich komisch. Ich winkte dankend ab, wusste ich doch nun, was ich wissen wollte. Und am nächsten Tag spazierte ich zum Nachbarhaus und präsentierte dem verblüfften Herrn Grafen strahlend die Lösung des Falles."

„Das war schon alles? Hört sich eigentlich ganz einfach an", erklärte Karola.

„Einfach? Einfach?! Also wirklich – für einen gerade 16jährigen Gymnasiasten ist das keine schlechte Leistung gewesen, würde ich sagen", tat ich betont entrüstet.

„Du hast ja Recht, mein liebster Meisterdetektiv", lächelte Karola, lehnte sich zu mir hinüber und gab mir einen Kuss auf die Wange. „Reicht das als Belohnung?"

„Es ist ein Anfang", strahlte ich zurück.

„Den Phylax hast du dir auf jeden Fall redlich verdient", bekräftigte nun auch der Graf. „Chapeau – Hut ab, oder wie man so sagt."

„Danke, das weiß ich zu schätzen, lieber Phylax! Aber sagen Sie einmal, wann kann ich denn mit dem zweiten Teil der Belohnung rechnen?"

Die Verblüffung des Grafen Luckner hätte man mit Händen greifen können, so kugelrund starrten mich seine Augen an.

„Was denn für eine andere Belohnung, Junge?"

„Nun ja – wenn ich mich recht erinnere, hat mir ein gewisser frisch gebackener Kapitän damals versprochen, mir von seiner ersten großen Fahrt ein Andenken mitzubringen. Auf dieses Andenken warte ich immer noch ein wenig ...“

Ingeborg blickte ihren Gatten vorwurfsvoll an.

„Sag bloß, Phylax, du hast diesem tüchtigen jungen Mann ein Geschenk versprochen und es dann völlig vergessen? Das ist aber nicht sehr anständig von dir.“

Der Kapitän hatte seine Sprache allmählich wiedergefunden. Gestenreich versicherte er, das Versprochene unverzüglich nachzuholen und mir etwas ganz besonderes zukommen zu lassen.

„Diesmal kannst du dich darauf verlassen, Junge, sonst soll mich doch der Seeteufel holen!“

Drei Tage, nachdem Felix Graf von Luckner aus Halle in seine Wahlheimat Hamburg zurückgereist war, lieferte der Postbote ein Päckchen bei mir ab. Drinnen fand sich eine große Kokosnuss, deren Schale mit einer wunderschönen, geschnitzten Darstellung eines Dreimasters versehen war, welcher vor einer Südseeinsel ankerte. So hatte der Seeteufel doch noch sein Versprechen erfüllt.

Nachwort: Die Schauplätze in Halle

Die Beschreibung der Straßen, Plätze, Gebäude und Entfernungen in Halle folgt weitestgehend den historischen Gegebenheiten um 1930. Einzelne Anpassungen waren aus dramaturgischen Gründen nicht zu vermeiden. Obwohl an vielen Stellen historische Personen auftreten, sind Namen und Wohnorte von Tätern und Opfern selbstverständlich frei erfunden. Besonders markante Örtlichkeiten und Personen aus Halle sind Folgende:

Die **Hafenbahn** wurde ab 1893 erbaut und führte vom Güterbahnhof in einem riesigen Bogen quer durch die Süd- und Weststadt bis zum Sophienhafen. Sie kreuzte an vielen Stellen die Straßen und Straßenbahnlinien. Den beschriebenen Unfall mit der Straßenbahn Halle hat es tatsächlich gegeben, allerdings ereignete sich dieser im Jahre 1952. Die Hafenbahn wurde 1991 stillgelegt, die angeschlossene schmalspurige Industriebahn bereits 1990. Ein großer Teil der ehemaligen Hafenbahnstrecke ist in Form von Radwegen bis heute nachvollziehbar.

Die heutige „**Burg Giebichenstein Kunsthochschule Halle**" entstand 1879 zunächst als „Gewerbliche Zeichen- und Handwerkerschule". Im Laufe der Zeit erlebte sie zahlreiche Umbenennungen und Änderungen der Ausrichtung, Ausbildungsarten und Abschlüsse. Wesentlich geformt wurde die Schule durch die Arbeit von Paul Thiersch, auf den die künstlerischen und handwerklichen Fachklassen in vielen Disziplinen zurückgingen. Die Namen der Dozenten im Jahr 1930 sind authentisch; Gerhard Marcks und andere progressive sowie die jüdischen Lehrer mussten nach 1933 die Schule verlassen. Einen Kriminalfall hat es an der Schule nicht gegeben.

Mit der **Großgarage Süd** ist bis heute ein faszinierendes bauliches und technisches Denkmal in Halle erhalten geblieben. Für die damalige Zeit mit dem erst einige Jahre zuvor aufgekommenen Individualverkehr bot das Gebäude ein überaus innovatives Konzept zur Parkraumbewirtschaftung. Die in der Geschichte berichteten Services des Garagenbaus sind sämtlich korrekt dargestellt. In den Jahren 2007 bis 2012 wurde der Komplex unter Denkmalschutzaspekten saniert; der alte Hochaufzug wird allerdings nicht mehr betrieben. Das Straßennetz um den Garagenkomplex herum folgt den realen Gegebenheiten.

Der „**Krug zum Grünen Kranze**" gehört zu den bekanntesten Lokalitäten der Saalestadt, und das nicht erst mit Beginn der gleichnamigen Fernsehsendung. Bereits im 19. Jahrhundert war es ein beliebtes Ausflugslokal. Der Überlieferung nach ist das beliebte Volkslied an ebenjenem Ort entstanden. Laut seinen Memoiren ist **Felix Graf von Luckner** wirklich im Krug zum Grünen Kranze eingekehrt, allerdings ohne in einen Mordfall verwickelt zu werden. Luckner war im Ersten Weltkrieg Kapitän des Hilfskreuzers „Seeadler" (ein Segelschiff!), mit dem es ihm gelang, 16 gegnerische Handelsschiffe aufzubringen. Dadurch weltweit bekannt geworden, unternahm er nach dem Krieg Besuchs- und Vortragsreisen in zahlreiche Länder Europas, nach Amerika und in die Südsee. Das Erlebnis mit der Gefängnisbeobachtung entstammt den Jugenderinnerungen des Grafen. Kurz vor Kriegsende 1945 sorgte Graf Luckner mit einigen Freunden dafür, dass die Stadt Halle vor der Zerstörung durch alliierte Bombenangriffe verschont blieb.

Bildnachweis

Titelbild:
Historische Ansichtskarte, Motiv: Halle/Saale
Hauptbahnhof, um 1932